古怪國不思議事件 ②

小心!烏雲怪人來了

段立欣 著

U0111407

新雅文化事業有限公司
www.sunya.com.hk

目錄

美麗的「下土天」

我的國家叫北土國。

從名字就可以看出來，北土國是以土為主的國家。一年四季都風景如「沙畫」。但非要讓我說一個最好、最美的季節，那一定是冬天！

從課外書上我知道，別的國家的冬天都是下雪、下雨、颳寒風，凍手凍腳凍紅鼻子尖！哦，想想都可怕！而我們北土國的冬天，不是我誇口，那才真叫棒極了的冬天呢！

每當天空開始泛黃的月份，我們的冬天就來臨了。我猜，你們肯定想像不出來，世界上還有這麼可愛的冬天，尤其是到了「下土天」。

那時，空中會洋洋灑灑地降落下很多美麗的塵土。白天它們在陽光下閃着金燦燦的光，晚上被月光籠罩着，我們整個國家都像是一個磨砂的土晶球。

　　這就是土滿天、土滿地的北土國，誰會說「下土天」不是天下奇觀呢？

　　你們可能不知道，我們北土國「下土天」的景色還登上過《最美地理》雜誌！那一期的主題是各國最適合觀光遊玩的地方和季節排行榜，北土國的「下土天」當仁不讓地排在第一位！

　　我還記得雜誌剛剛發行的那幾個月，遊客多得驚人！我們上學和放學的路上都會遇到來來往往的大巴士。每次看到來自各國的遊客露出興奮的神情，驚訝地說着「哇！竟然有這麼夢幻的天氣」時，我都由衷地感到自豪！

　　當然，用我老媽的話說就是：「不管什麼天，作為一名小學生，都必須要去上學。」

　　真是的，這話說得我好像不愛上學似的，其實我是很喜歡我的學校和我的同學們的。不過說實話，每到下土的日子，我們都忍不住往課室窗外探頭探腦。坐在最靠邊的同學一時興起，甚至會探出半個身子去接土，真是一點兒上課的心情都沒有了。

老師特別懂我們的心思，她會大方地説：「今天提前放學吧，難得的好天氣。」

於是我和同學們就會一起歡呼着衝到操場上，堆土人、滾土團、打土仗、滑土坡，玩得不亦樂乎！

對了，我忘記自我介紹！我的名字叫土球，是土掉渣小學一個三年級的學生，我最擅長的遊戲是土地尋寶。

這個遊戲很簡單，就是在冬季下土天的時候，每個同學都拿出一些小物件藏在土裏，然後其他人開始找，誰找到就歸誰。

每次玩這個遊戲時，我總是找得又快又多，但我藏的東西，同學們從來都找不到。秘訣就是，我根本就沒藏東西！可惜後來這個秘密被同學們發現了，他們拉着我召開批評大會。最後經過大家討論決定：不允許我再參與這個遊戲。

這事件讓我深刻地意識到，誠信是多麼重要的一件事，重要到你如果不講誠信的話，朋友們都不會和你一起玩了。

好吧，書歸正傳，就讓我來說一說今天這個難得的下土天！

今天的土下得好像不太多，但這並不影響我們下課後，衝出來玩新鮮土的興致！在同學們玩耍的身影中，我總是不自覺地想多看幾眼土豆。

土豆是我們班最漂亮的女生，她笑起來非常好看，一舉一動都土裏土氣。

要知道，土裏土氣這個詞語，都是娛樂雜誌上形容超級女明星時才用的。但我總覺得我們班的土豆才最有資格用它，因為土豆特別吸引人。

我一邊堆着土人一邊偷偷看兩眼遠處正在打土仗的土豆，她開心地笑啊，跑啊，累得臉都紅了。

忽然，一個土團「啪」的一聲正中我的下巴，我瞬間清醒過來，猛地回頭一看，是土坷垃。

土坷垃是我的好朋友，他比我還淘氣，經常氣得老師鼻子裏往外冒土。

　　這時候土坷垃跑過來，摟住我的脖子問：「土球，發什麼呆呢？你覺不覺得今年的降土沒有去年多？我猜是地殼發生運動了。」

　　降土變少是事實，但這和地殼運動有什麼關係？開玩笑！地殼運動那是地震，地震才不影響降土量呢！一聽就知道土坷垃上自然課的時候又分心了。

　　我懶得跟他爭辯，回頭去看土豆。誰知被土坷垃這麼一打岔，我找不到土豆的身影了。

　　其實，我偷偷喜歡土豆這事兒，我們班的同學都知道，那是因為今年的「撒土節」上，我一直往土豆的身上撒土。

　　對了，我還沒給你們介紹「撒土節」呢，那是我們北土國的一個重大節日。

　　在「撒土節」這天，人們不管年齡、性別、身高，都會盛裝出席，這個盛裝一定是要有很多口袋，以便到時候裝土用的。當然，還要記得帶上各種容器，比如土盆、土碗、土勺子、土桶什麼的。

　　每到「撒土節」，大家都會準時聚集在土掉渣廣場上，向自己認為最值得敬佩、最喜歡的人身上撒土！

　　你撒我，我撒你，歡笑聲一片。最值得期待的是，撒土結束後，口袋裏土最多的人會被授予「最土公民」的稱號。要知道，這個稱號可說是所有北土國人的夢想。

　　為了讓我喜歡的土豆成為「最土公民」，能受到總統的接見、被電視台採訪，今年的「撒土節」上我不遺餘力地往土豆身上撒土。可惜，我一個人的力量太渺小了，土豆沒有成為全國的「最土公民」，最後弄巧反拙讓同學們發現了我喜歡她的這個秘密。

　　於是大家就打趣說：「土球，你這種灰頭

土臉的王子，正好配土豆那種土裏土氣的公主。」

　　哼，我知道我沒那麼帥，但這些話我還是很喜歡聽的。要知道，女生們都喜歡灰頭土臉的王子，就像大歌星土輪輪那樣，他的《土撥鼠之歌》女生們都會唱。

我其實也喜歡土輪輪的歌，但是我不説出來，説了就不酷了，沒個性怎樣能引起土豆的注意呢？

沒錯，我要成為個性十足的男生！

雖然我跟土坷垃和土錘都很淘氣，但我跟他們又不一樣，因為我有一個英雄的夢想！我幻想着哪一天，我也可以像歷史上的英雄「土遁將軍」那樣，戰勝困難，打敗怪物，拯救整個北土國。

誰是「土遁將軍」？那説起來可就話長了，簡單説就是，傳説在幾萬年前，我們北土國來了一隻怪物，牠可以一口氣吃掉像我們課室那麼大的一個土房子。就在北土國面臨從未遇過的危機時，「土遁將軍」出現了！他在自己

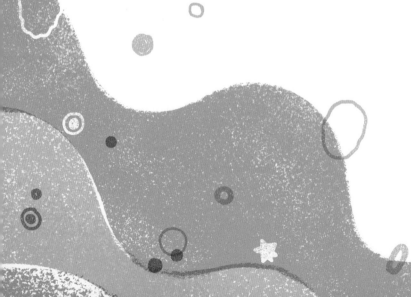

的盔甲外纏了好多土炸藥，並用自己的身軀堵住怪物的嘴巴。當土炸藥爆炸的那一刻，怪物四分五裂了，我們的英雄也隨之消失了。

雖然這只是一個傳說，但我依然相信「土遁將軍」的存在，並以他為榜樣。

當然，我這些想法從沒跟土坷垃他們說過，我想只有土豆才會理解我的夢想吧！

土一直下着，直到上課鈴聲響起，土豆也沒有再出現。這麼好的天氣，我不能和土豆一起堆土人，真是今天的遺憾啊！

不太完美的
冬遊

　　要說我們北土國每到冬季下土的日子，其實是最適合一早去學校，跟同學們一起打土仗了！但我的好朋友兼鄰居土坷垃，每天早上都起不了牀，為了等他一起去學校，我也經常是踩着上課鈴聲才進課室的。

　　這天，我們兩個又差點兒遲到，走進課室後，才發現老師已經站在講台上了。還好老師今天看起來心情不錯，只向我們擺了擺手，我們就趕快跑向自己的座位。

　　我的屁股還沒在椅子上坐穩，就聽到老師說道：「上課前，我給大家講一下周末冬遊的安排。」

　　什麼？又到了冬遊季節，時間過得真快。記得去年的冬遊，我因為得了嚴重的鼻炎沒有去，土坷垃回來後跟我炫耀了一個星期。所以，今年我一定要參加。

　　說起冬遊，其實跟別的國家的春遊差不多，只是我們北土國的冬天比較美麗，所以我們喜歡冬天去遊玩。

每次學校舉行冬遊，時間一般都安排在冬天下土比較多的日子裏。不知道今年的冬遊會選在哪裏呢？

　　老師好像聽到了我的心聲似的，立刻回答了這個問題：「今年，冬遊的地點在土庸關。」

　　聽老師説到土庸關，全班都沸騰了！要知道，土庸關是遠近聞名的旅遊勝地。我早就想去了，但老爸老媽一直沒時間帶我去。這下正好，我可以和同學們一起去玩。

　　老師繼續説冬遊的安排，但我已經開始想着該從哪裏開始玩了。

　　先去博物館看我的偶像「土遁將軍」，據説那裏還有模擬打怪物的場景；然後再去土城堡跟土坷垃他們用土團「決一死戰」；當然，這個季節去土長城看土星雨，也是必不可少的！記得電視裏曾經演過下土星雨的壯觀場面，那些小星星閃着光從天空劃過，像金色的瀑布一樣，漂亮極了。我想真實的土星雨肯定更漂亮！

　　自從老師宣布了冬遊時間和地點後，我和同學們就天天盼，日日想！終於，在我們的滿心期盼中，時間嗖嗖嗖地過去，冬遊的日子來臨了！

　　坐上划土巴士，大家有説有笑地來到土庸關。到了

營地，每班各自紮好帳篷後，老師開始用大喇叭喊道：「第一站，北土國博物館。」

我沒聽錯吧，老師太善解人意了，知道我最想見的就是「土遁將軍」！

跟隨浩浩蕩蕩的隊伍走進博物館後，我顧不得聽講解員講解北土國的第一位總統、土機器的製造過程，以及第一次土衛星發射成功什麼的，偷偷溜去找我的大英雄才是正事！

不出我所料，「土遁將軍」的傳說被刻在整整一面牆上，這些刻在土牆上的壁畫內容，就是他跟怪物鬥爭的整個過程。可惜，有的故事牆脫落了，害得我看了個七零八落。

「各位同學，這不要全怪我們，我們已經盡力維護了！」這個展區的講解員為難地聳聳肩說，「最近我們北土國的天氣異常，濕氣重，土質變得極其鬆軟，我們也沒辦法。」

哼，保護不好土壁畫還找藉口！我真為「土遁將軍」感到難過！

雖然有一點點遺憾，但還好接下來的模擬打怪物遊戲很刺激，這讓我們男生過足了癮。

　　模擬打怪物遊戲過後，我們又在土城堡裏展開了一場土團大戰！這場大戰進行得轟轟烈烈，連我這樣身手敏捷的選手都沒少挨打呢！

　　「戰鬥」遊戲剛結束，不想浪費一丁點冬遊時光的土坷垃又氣喘吁吁地拉着我説：「土球，快走，動物園開放了！」

　　還沒等我反應過來，土坷垃已經拉着我跑到動物園門口。

　　據説土庸關野生動物園裏最常見的動物就是溫馴的土猴。這種性格溫柔的小傢伙是國家保護動物，牠們不但乖巧可愛，還很聰明。

　　剛走進動物園，我就遠遠地看到土豆和幾個女生。於是我拉一拉土坷垃説：「走，結伴前進吧，萬一有什麼突發事件，我們男生還能幫女生。」

　　「能有什麼意外？這裏只有土猴。」土坷垃不情不願地跟着我跑了過去。

　　土豆她們倒是很樂意跟我們一起參觀，一起向土猴問好。

　　這些小土猴果然名不虛傳，牠們不但會擺動作和遊人合照，還會打滾和作揖，為的就是向我們討食物。用土豆的話說就是：「好可愛呀，如果牠們會說話，差不多都能當我的弟弟了。」

　　能這麼幸運地和土豆一起餵小動物，雖然我們一句話都沒說，但我真是高興極了。本來我還想多玩一會兒，誰知老師忽然吹響了「緊急集合哨」。

　　「是開飯了嗎？」我邊跑邊自言自語地說。

　　跑在我旁邊的土豆搖搖馬尾辮，說：「我想一定是有更好玩的項目在召喚我們吧！」

　　可惜我們都想錯了。回到營地後，我們才知道就在幾分鐘前，一個低年級的同學竟然被一隻土猴咬傷了胳膊。

　　聽到這個令人震驚的消息，土豆忍不住問道：「怎麼可能？牠們那麼溫馴！」

　　我也補充道：「對呀，從沒聽過土猴攻擊遊客的事情！」

　　老師給我們的答案是：「動物園工作人員說，這隻土

猴可能是被濕氣侵襲，所以性情改變了……」

　　濕氣，又是濕氣！最近北土國的天氣到底是怎麼了？

　　都怪這些濕氣，害得我看不到完整的「土遁將軍」壁畫故事，連夜晚看到土星雨的機會都沒有了，我們的冬遊活動，因為這個意外不得不提前結束。

　　原來我一直以為天氣變化只跟添衣服、減衣服有關，想不到，它還會影響人的心情啊！

掉了一顆「大將軍」

　　不太完美的冬遊過後，我身上又發生了一件令人懊惱的事情。

　　那天從土庸關回家後，我覺得自己的牙齒怪怪的，有一顆牙好像總是睡不醒一樣，晃來晃去，特別影響我吃東西時的愉快心情。

　　仔細想想，哦……一定是那天在土城堡裏打土仗時，土錘扔過來的土團，剛好擲到我的牙上。

　　說起土錘我就生氣，本來大家一起在城堡的露台上堆土人，後來給土人選鼻子時，我說黃色跟這好天氣搭配。他非要紅色，說紅色具西洋風格。

　　要知道，我們北土國的冬天一點兒都不冷，根本不會凍紅鼻子啊！

　　最後大家同意我的提議，給土人安上黃鼻子。這下土錘可不高興了，在後來打土仗的時候，他總是故意往我身

上扔，結果就擲到了我的嘴上，弄得我滿嘴土花。

對，肯定就是那個時候，我的牙齒被打壞了。

我邊回憶着當天的情景，邊把一塊兒土軋糖放進嘴裏，沒想到剛一咬下去，竟然把大門牙給黏掉了！

「哎喲！哎喲！」我疼得大叫起來。再照照鏡子，天啊，我那原本整齊的滿口牙，現在漏了個大洞，就像一個隨時都會飛出蝙蝠的黑山洞一樣！

這樣太醜了，而且，我說話的時候還會呼呼漏風。還好今天是周末，不用去學校，否則讓土錘看到非得笑話我不可！

其實我也不是特別在乎他笑話我，我是怕被土豆看到。如果她看到我一笑就漏風的樣子，說不定也會笑掉大牙呢！

雖然一百萬個不情願，但為了不讓土豆笑掉大牙，我還是咬咬牙——哦，不對，牙都掉了，我還是硬着頭皮跟老媽一起去看牙醫了。

記得上次來看牙醫，還是一年級的時候，那時也是因為土軋糖。

我認為土軋糖簡直是世界上最好吃的糖，所以，剛上

學的時候，我每到下課都會偷偷吃一塊。沒想到連蛀蟲也喜歡吃。

終於有一天，我牙疼得滿地打滾，老媽才發現我最裏面的一顆大牙都被蛀蟲咬得掉土渣兒了。於是老媽不得不帶我去看牙醫。

戴着大口罩，只露出一雙小眼睛的牙醫用各種工具在我的嘴裏攪弄，最後還拿可怕的鑽子在我的牙上鑽了個洞，用特殊材料填充好，我這樣才可以再吃東西了。

沒想到現在我都上三年級了，因為土軋糖又要去看牙醫。想起當年補牙時那個「吱吱吱」的聲音，我還是會覺得渾身汗毛直立，雞皮疙瘩掉一地呢。

「這次掉了顆門牙大將軍，修補起來一定會很疼吧。」我心裏想着，戰戰兢兢地進了牙科診所。還是那家醫院，還是那個小眼睛醫生。

小眼睛醫生讓我咧開嘴，露出牙齒，打量着我那個掉了門牙的位置，然後頗有自信地點點頭，說：「是門牙大將軍啊！那麼要補得漂亮點。你想要泥巴牙、黃沙牙，還是烏雲牙？」

我見過泥巴牙，有一次土坷垃在學校運動會上摔倒，

掉了一顆牙，醫生給他補的就是泥巴牙。雖說泥巴經過高溫會變得很堅硬，可是黑乎乎的泥巴牙和他本來的牙齒顏色差好多。我還曾經打趣地說：「哎喲，土坷垃的牙齒上黏上葡萄乾啦！」

為了不讓土坷垃反過頭嘲笑我，泥巴牙堅決不要。

黃沙牙我太熟悉了，我外婆滿口都是黃沙牙。雖然它金黃色的顏色很漂亮，但麻煩的是它比較鬆軟，容易掉沙子，也吃不了太硬的東西。要知道，我們小孩最愛的零食就是石頭蠶豆！

烏雲牙還是第一次聽說，我奇怪地問牙醫：「烏雲那麼軟，怎麼當牙齒啊？」

小眼睛醫生咧嘴一笑，露出他閃亮的一口灰牙，嘖嘖嘖，真漂亮。

「看到了吧，上次我被100級狂風吹上了天，一頭撞在烏雲上。」牙醫回憶說，「本來我也以為雲是軟的，誰知那傢伙活生生硌掉了我一嘴牙！沒辦法，我只好就地取材，拿烏雲做牙齒，沒想到還真好用。」

小眼睛醫生說着，輕鬆地咬開一顆石頭蠶豆，我頓時佩服得五體投地。

哇，這種烏雲牙很實用，以後老媽吃土核桃就不用工具了，我可以幫她直接咬開！最重要的是，烏雲牙的顏色看起來很有個性，也許以後再出現破壞我們北土國的怪物，我還可以用我的烏雲牙打敗牠呢！

「那我要烏雲的，一定要鑲得特別漂亮呀！」我想想都激動。

「現在可真是很少有小孩子像你這麼知道重視自己的牙齒了。就用這種，我也得給你鑲一顆精緻的好牙，絕對讓你喜歡得捨不得閉嘴！」小眼睛醫生的烏雲牙齒隨着他說話時嘴巴一張一合，閃着誘人的光。

幾分鐘後，我站在鏡子前張開嘴，看到自己整齊、亮亮的灰色牙齒，有說不出的驕傲和自豪！那顆新的烏雲牙齒跟我原來的牙齒配合得渾然天成，互相輝映，我都有點兒迫不及待地想笑給土豆看了。

「怎麼樣？不錯吧，小伙子！」牙醫有幾分得意地問。

「嗯，跟您的一樣好看。」我使勁點了點頭。

牙醫笑着說：「滿意就好，以後要注意保護你的烏雲牙哦。」

烏雲牙齒這麼厲害還用保護嗎？我有點兒不明白。

「當然了，大家就是平時不注意保護，最近好多人的牙齒都出現了鬆軟問題呢！我都快忙死了！」小眼睛醫生的臉上劃過一絲焦慮。

雖然我同意要注意保護牙齒的建議，但我還是有點兒不明白，為什麼人們的牙齒都在「最近」集體鬆軟呢？我想，肯定是最近的土糖果做得太硬了！

鑲了堅固又很有個性的牙齒，我滿心歡喜地回到學校。關鍵是，這次鑲牙竟然一點兒都不疼！我要去告訴我的同學們：牙醫一點兒都不可怕，大家牙齒出現了問題放心來找牙醫，鑲一顆自己喜歡的牙齒吧！

情書，
每日一「風」

　　這幾天我有事沒事就咧嘴傻笑，同學們都快看膩我的烏雲牙了，不知道土豆看見沒有？

　　我的死黨土坷垃實在不想再看我這副傻樣兒了，於是他鼓動我說：「光笑有什麼用，你想讓土豆關注你，就給她寫情書吧！」

　　寫情書？情書怎樣寫呢？

　　要知道，我寫過記敘文、寫過信、寫過病假便條，但從來都沒寫過情書呀！

　　土坷垃又說：「土球，你都三年級了，該練習寫情書了。寫情書不就是把心情寫下來嘛！你知不知道，我老爸三年級的時候，都已經在做人工降土試驗了。」

　　土坷垃自己又沒寫過，就知道吹牛！看他那麼理直氣壯的樣子，好像寫情書和研究人工降土是一模一樣的事情似的。

可是，我認為研究人工降土比寫情書容易多了。

做研究只要撸起袖子幹就行了，寫情書還得收集資料；做研究失敗了就從頭再來，沒人知道，寫情書是大家都會知道的事情啊！

但看到土坷垃說得那麼振振有詞，男生們也在一旁煽風點火，七嘴八舌地給我出主意，我都沒辦法不接受這個提議了。

好吧，那我就試着寫寫情書吧。

其實說到寫情書，我們學校還有一個大笑話呢。記得上學期，六年級的土堆給我們班的女生寫過情書。他自以為是地把情書刷在學校的牆上，於是全校同學都爭先恐後地跑到牆邊圍觀。裏三層外三層，把圍牆旁邊的小路堵得水泄不通，結果連校長都知道了。

我們的校長特別酷，他說：「不管寫什麼，都不能寫在校園牆壁上影響美觀啊！所以，我要罰你自己一個人粉刷圍牆！大家可以幫忙喊加油哦！」

土堆當時就傻眼了。於是，土堆在大家的加油吶喊聲中，獨自把學校圍牆粉刷一新，累得他滿頭滿臉都是土。

吸取土堆的教訓，我的情書不能那麼張揚。我覺得這

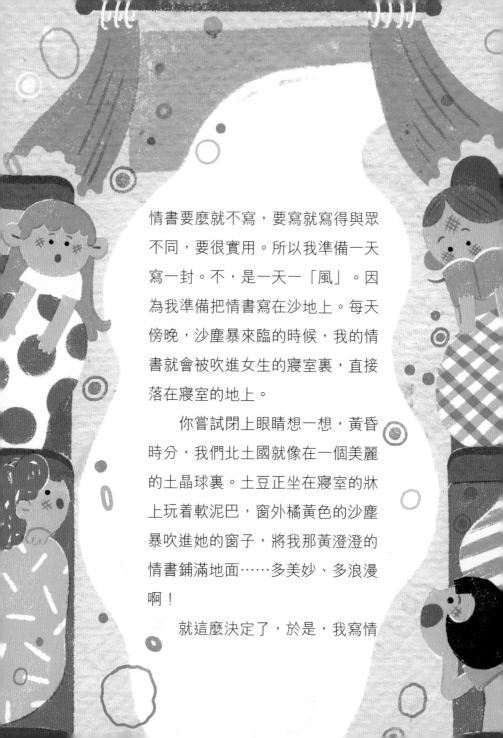

情書要麼就不寫，要寫就寫得與眾不同，要很實用。所以我準備一天寫一封。不，是一天一「風」。因為我準備把情書寫在沙地上。每天傍晚，沙塵暴來臨的時候，我的情書就會被吹進女生的寢室裏，直接落在寢室的地上。

你嘗試閉上眼睛想一想，黃昏時分，我們北土國就像在一個美麗的土晶球裏。土豆正坐在寢室的牀上玩着軟泥巴，窗外橘黃色的沙塵暴吹進她的窗子，將我那黃澄澄的情書鋪滿地面……多美妙、多浪漫啊！

就這麼決定了，於是，我寫情

書的行動就此開始！

一「風」，兩「風」，三「風」，堅持不懈。

從我寫第一「風」情書的那天起，為了觀察效果，土坷垃會拉着我潛伏在女生宿舍下面偷聽。每當沙塵暴將我的情書吹進土豆的寢室時，我們都會聽到女生們此起彼落的尖叫聲。雖然從來沒有聽到土豆的聲音，但那些女生充滿羨慕和激動的尖叫，已經讓我頗有成就感了。

於是我寫情書寫上癮，每日一「風」，希望土豆能因此注意到我。

「土坷垃，走啊！」這天放學，我和往常一樣叫土坷垃跟我一起去寫情書。

但他卻說：「我不能去了，老媽吩咐我放學後馬上回家。」

「什麼？」我不明白，土坷垃什麼時候這麼聽老媽的話了？

算了，就算土坷垃不陪我，我也不能放棄，我必須堅持每日一「風」，風土無阻。

走出校門，我朝學校牆外風沙最大的一片沙地走去。不知道是我的錯覺還是今天的風沙聲太大，我總覺得身後

有人跟着我。可是我回了幾次頭，連半個人影都沒看見。

　　很快我就來到了平整的沙地，寫起今天的情書。寫着寫着，我忽然又聽到一陣「沙沙沙」的聲音，我連忙循着聲音，踮起腳尖看去。

　　在一個小沙丘的另一端，我看到我們班的土錘也蹲在那裏寫情書呢！

　　「土錘，你幹麼跟蹤我？還學我？」我忍不住大喊一聲。

　　土錘被我嚇了一跳，轉身慌亂地想要遮住他寫的情書：「誰學你了，我寫的和你的不一樣！再說，我只是恰巧也在這裏而已。」

　　哼，這個土錘，每次都跟我作對！他弄壞我的牙還沒找他算帳，這次又來跟我搶沙地。要知道，以前我們這裏天天都下土、颳沙塵暴，但最近想找一處風沙大的地方是很難的！

　　我不開心地瞪了土錘一眼，繼續寫我的情書了。

　　「土豆，你好，這是我為你寫的第十『風』情書……」

　　要問我為什麼會喜歡土豆，説起來應該是我借書的那

件事吧。

　　那天我放學後去學校新建的「土書館」借一本《土伙連環大闖關》的冒險故事，誰知道學校「土書館」這麼大，我走得暈頭轉向，也沒找到自己要看的那本書。

　　就在我失望地想要離開時，擔任小小管理員的土豆走過來：「土球，我看到你徘徊了好半天，你是用鞋底擦地板嗎？」

　　我不好意思地撓撓頭，説出我要找的那本書的書名。

　　土豆在「土書館」的電腦裏搜索了一下，馬上就幫我確定了這本書的位置，而且還自己爬梯子拿下來，交到我的手上。

　　「下次借書直接告訴我。」土豆輕聲細語地説，「我可以幫你省出時間，你好去外面玩打土團啊！」

　　哇，我還從來沒發現我們班有這麼善解人意的女生，她比那些動不動就掐我們胳膊的女生好多了！

　　於是從那一刻起，我就開始偷偷關注土豆了。

　　當然，這件事情我從來沒跟老爸老媽説過，否則他們一定會大驚小怪地喊起來：「哎呀，你是小學生，懂什麼喜歡啊？」

真是奇怪，小學生就不懂喜歡了嗎？我剛學走路的時候就知道不讓別人搶我喜歡的沙漏玩具了。我喜歡北土國的「下土天」，喜歡老媽做的土丸子，喜歡我的那張大土牀，這不都是喜歡嗎？

我認為還是老爸老媽的想法太古怪，我們小孩有時候確實不太容易和大人溝通。

所以，每天放學後我要給土豆寫完情書再回家的事情，不能告訴老媽，否則萬一她不讓我給土豆寫情書，那就糟了。

漏氣的空心沙球

又是全新的一天，黃色的天空，黃色的風沙，真是好天氣！

今天我一早就來到學校，因為第一節課是音樂課。要知道，我們全班同學都喜歡上音樂課，也喜歡音樂老師。因為音樂老師不僅唱歌很好聽，還像土城堡裏的公主一樣漂亮。

可是走進課室，我發現自己並不是最早到的一個，土豆和土美麗已經湊在一起，嘰嘰喳喳地聊着什麼了。

女生就是這樣，總喜歡說悄悄話，好像她們身邊發生的事情都是大秘密似的。對了，也許還真是秘密呢。是不是在討論我寫的情書啊？

想到這裏，我的臉都紅了。

不一會兒，同學們陸續地來到課室，音樂老師也走了進來。我們都注意到，音樂老師今天穿了一條孔雀羽毛一

樣的裙子，漂亮極了！

「同學們，今天我們來學習音樂中的節奏。」音樂老師邊說話邊咳嗽，應該是嗓子不太舒服吧。她想要盡量少說話，於是就拿起粉筆開始在土板上寫字。

可是寫了半天，土板上怎麼一個字都沒有？

「好奇怪啊，咳咳，今天的粉筆怎麼變軟了？班長，再去幫老師找一盒粉筆吧，咳咳。」音樂老師咳嗽得可真厲害，我們都替她難受。

「老師，要不要喝點土疙瘩湯？」土豆擔心地問道。

哈，我就說土豆是我們班最熱心的女生嘛！

音樂老師笑着搖搖頭：「謝謝你，只是最近濕氣有點重，老師的嗓子發炎，已經吃過藥了。」

哎喲，又是這討厭的濕氣，害得我們的粉筆變軟，公主老師都生病了！

班長去拿粉筆還沒回來，後排女生忽然尖叫起來。原來從天花板上掉了一塊土下來，差點擊中個子最高的女生土美麗！

　　音樂老師連忙請大家把掉土的位置空出來。為了緩解我們的緊張情緒，她彈奏起鋼琴，我們一起唱快樂的《土撥鼠之歌》！

　　如果説我們小學生的校園生活，那是每節課都會有這麼多説不完的故事。不過，它簡直比田徑運動員跑的速度還快！一節課連一節課，一天的課就這樣結束了。放學後，我剛想和往常一樣去給土豆寫情書，就被體育老師給「抓」住了。

　　「土球，你過來幫我整理一下運動器材吧！」

　　「沒問題！」我最喜歡幫老師幹活了。

　　你可別覺得「整理體育器材」這種工作誰都會做，像我們班笨手笨腳的土錘和粗手粗腳的土坷垃就不行。

　　要知道，整理體育器材雖然不難，但卻需要有技巧和細心。

　　那些土墊子、泥繩子、實心沙球、空心沙球，要一樣一樣清點數目，分門別類裝好袋子，再放到體育器材庫相應的格子上。

　　如果有磨損的，還要記錄在簿上，然後單獨擺放在另一個倉庫裏。

　　我問體育老師：「為什麼這麼麻煩？」

　　體育老師說：「等學校購買新體育器材時，好拿這些破損的去換新的啊！」

　　所以，這麼重要的事情，只有我——細心的土球可以完成！

　　不過今天整理體育器材的時候，我卻發現了一點小問題。

　　原來，實心沙球和空心沙球是最不容易磨損的，因為它們總是在地上滾來滾去。就算磨損一點，也被地上的土補平了。可是，今天我發現實心沙球看起來「消瘦」了不少，有兩個空心沙球甚至已經磨蝕了。

　　「會不會是由於今年的土下得比以往少的緣故呢？」我自言自語地說，把那兩個漏氣的空心沙球送到「損耗倉庫」。

　　到了倉庫裏面一看，我嚇了一跳。原來不止我拿着的這兩個，有好多沙球都壞

了！

「真奇怪，最近怎麼發生了這麼多的怪事呢？難道還真的是地殼在作怪？」我説完趕快搖了搖頭，「不不不，不可能，這不科學，我可不能被土坷垃影響。」

幫老師幹完活，回家的時候天色已經不早了。

我背着書包一路狂奔到我寫情書的沙地，匆匆寫完了今天的情書，讓風帶進了夜色中。在天色漆黑的時候，我終於走進家門。

「老媽，我回來了，好餓呀。」我把書包往沙發上一扔，就大喊道。

老媽快步走到我身邊，拉着我的胳膊把我從頭到腳看個仔細：「你去哪裏了？這麼晚才回來！謝天謝地，嚇死我了。」

「老媽，您怎麼了？您放心吧，我只是幫體育老師整理器材。」我大大咧咧地説道。

老媽見我平平安安地回來，也就放心了。

「老媽，今天吃什麼晚飯啊？」我打了好幾個餓嗝，一張嘴都是塵土味兒。

「你肯定喜歡！等着吧，快要開飯了！」老媽一邊

説着一邊走進廚房，不一會兒就端出來一桌子香噴噴的飯菜。

「老爸還沒下班嗎？」我問。

「沒有，你老爸最近工作好忙！真是有點擔心呢。」老媽邊説邊幫我盛好了香噴噴的土飯。

今天的飯菜都是我喜歡的，尤其是金黃色的油炸土丸子，這是老媽的拿手好菜！我什麼都顧不得就大口吃了起來。

不對啊，今天土丸子的味道有點兒怪。以前都是土氣味兒，今天怎麼這麼鹹呢？

「老媽，你給土丸子放了什麼調味料？吃起來味道怪怪的……」

「是嗎？我沒放別的東西啊。」老媽説着夾起一個土丸子嘗了嘗，「還真是，我做菜時就覺得怪怪的。」

見老媽放下筷子，臉上顯出一些焦慮，我追問道：「哪裏怪了？」

「今天我去超級市場買食用沙土的時候，遇到了好多鄰居。」老媽若有所思地説道，「她們都説自己家儲藏的沙土都變質了，怎樣都做不成形。還説要多買點沙土做儲

備。」

　看來，最近的天氣變化已經影響到我們的正常生活
了。

反常的
氣象塵圖

　　我和老媽説話時，老爸回來了。他披着一身塵土進了門，看起來可真時髦。我從大沙地回來都沒有弄這麼多塵土在身上。

　　對了，你們還不認識我老爸，給你們介紹一下吧，我相信你們一定有興趣認識他。

　　我老爸和土坷垃的老爸是同事，他們都是北土國氣象局的工程師。

　　我老爸專門負責預測天氣，並且分析氣象形勢，土坷垃的老爸在人工降土研究上越來越厲害了。

　　説句不謙虛的話，我老爸和土坷垃的老爸對我們北土國的天氣瞭如指掌，他們説什麼時候下土，保證就什麼時候下土，從來沒錯過。

　　要説起來，我們北土國的天氣一向規律，我老爸他們也很少加班。只有在我很小的時候，大概是上幼稚園的時

候，老爸才有過那麼一段加班經歷！

　　那時我們國家周圍的防潮林還沒規範，鄰國會有一些濕氣滲透過來。老爸每天都要檢測有多少濕氣在我們國家活動，然後再將這些數據通報給土坷垃的老爸。土坷垃的老爸根據這些濕氣的數據運算出人工降土量。只有濕氣和降土達到平衡，我們國家才不會受到濕氣的影響。

　　後來，國家把加強種植防潮林的任務交給一支神秘的隊伍，據說那些人不害怕濕氣，真是了不起啊！但我們從來沒見過那些種防潮林的人，就連總統頒發「榮譽勳章」，他們都不來領取，還要總統親自送到防潮林呢！

　　「他們一定是一些很狂妄的人！」人們這樣議論着。

　　管他狂妄還是驕傲，他們為我們北土國做了莫大的貢獻，這才是值得關注的。要知道，加強種植後的防潮林特別堅固，幾乎沒有濕氣能滲透進來了。

　　不過最近有點怪，濕氣似乎又開始進攻我們的國家。為此，我都好幾天沒跟老爸一起吃晚飯了。土坷垃也一樣，他說自己好幾天睡覺前，都沒見到老爸回家。

　　「老媽，是不是發生了什麼天氣故障？」在老爸去換衣服的時候，我問老媽。

「天氣怎麼會發生故障呢，又不是機器。」老媽笑了，「只是有點反常。」

「反常就是跟平常不一樣咯。」我說。

「沒錯。」老媽點頭。

最近一段時間，難得我們全家圍坐在桌子旁一起吃晚餐。可老爸好像不那麼開心，難道是今天的晚餐土腥味不夠，老爸提不起興致來？

「最近的天氣很奇怪，土下得比往年都少。」老媽夾了一筷子沙醬肉絲放到老爸的碗裏，找話題紓解老爸皺起的眉頭。

「可不是嘛，北土國的氣象塵圖很反常，似乎有大量的水氣在我們國家範圍內活動。」老爸困惑地說，「但是，自從我們和鄰國之間種植了防潮林後，就從來沒遇到過這樣的情況啊。」

「你有沒有聽説過，最近傳言説街道上出現了一個怪人，他頭上頂着一片烏雲，走到哪裏，烏雲就跟到哪裏，雨水會從他的頭頂上嘩啦啦下個不停？」老媽説着看了我一眼，難怪她今天這麼擔心我，還奇奇怪怪的，一定是怕我在放學路上遇到這個烏雲怪人。

　　我驚訝地停下手裏的　　　　　　動作，説道：「好可怕呀，　　　　　　那麼多水！是不是需要撥打　　　　　　吸水隊的緊急電話啊？」

　　　　　　　　　　「他好像不需要救援。」老媽搖搖頭，「大家都説那個烏雲怪人肯定不是北土國的人，因為他不怕水！」

　　「不怕水？還有不怕水的人？」我驚訝地問。

　　老爸沉默了幾分鐘，放下筷子説：「就像你們所説，氣象局現在也懷疑是不是這個人引起氣象異常。」

　　「那還不趕快抓住他？」我激動得快要跳起來了。如果我是大人，我肯定去做這個拯救北土國的大英雄！

　　「我們不能隨便抓人啊，畢竟那個烏雲怪人也沒有

犯什麼錯。」老爸說着長長地吐了口氣，「而且，氣象變化也不能肯定就是他的原因，說不定是謠言呢！」

老媽點點頭：「我也覺得有些奇怪，一個不怕水的人，怎麼能在我們北土國生活那麼久呢？」

「說得也是啊！而且那個烏雲怪人神出鬼沒，行動沒有規律，想找他都不容易啊！」老爸搖搖頭夾了大大一筷子沙菜全部放進嘴裏，把嘴塞得滿滿的，費力地嚼呀嚼，像是要把疑問都嚼碎嚥進肚子裏去似的。

老爸老媽討論的東西好像很複雜，但是又很有趣，還透着一點點神秘和刺激。我的心臟怦怦怦地歡騰起來，以至於我校服上的塵土都被彈起來了。

哇，這麼說，機會來了！也許這次我可以實現自己的英雄夢了！如果我打敗了那個烏雲怪人，我就可以成為像「土遁將軍」那樣的英雄，到時候土豆肯定會注意到我的。說不定我的事跡還會記錄在北土國的歷史書上呢。

我越想越激動，趕緊悄悄拿碗擋在胸前，我可不能讓老媽發現我的想法。

可是，我老媽雖然沒看到我的心臟怦怦怦跳得起勁，但已經知道我腦子裏在轉什麼主意了。

「土球，你最近沒什麼事的話，放學就早點兒回家，不要和小伙伴去玩個夠了！」老媽看着我的眼睛說，「最近天氣這麼不好，可能還有怪人出沒，小心點兒沒大錯。」

我只好點點頭。真是的，老媽怎會猜到我想去「抓住」那個傳說中的烏雲怪人，當拯救北土國的大英雄呢？

「土球，你出門的時候還要帶上土沙袋，我特意做了幾個，你老爸去上班也要帶。」接着老媽用命令的語氣說道。

「帶土沙袋幹麼啊？很沉重的！」我有點不情願。

「要是倒霉遇到烏雲怪人怎麼辦？以防萬一啊！他的濕氣會傷害到我們。」老媽再一次強調說，「一定要記得帶哦。」

別看我老媽平時很溫柔，但某些時候，她還是說一不二的。

看來，事情真的越來越嚴重了。這天晚上，我做夢都在想着怎樣和那個可怕、邪惡的烏雲怪人大戰呢……

偶遇
烏雲怪人

早上，土坷垃來我家叫我一起去上學，我們一人拿着一個老媽剛蒸好的土菜餡包子出發了。當然，臨走時我還帶上老媽給我做的土沙袋。

清晨上學的路上行人很少，偶爾有路人也是行色匆匆、很緊張的樣子。

我正想把昨天聽到烏雲怪人的事情告訴土坷垃，他就已經開始跟我吹噓他聽說的關於烏雲怪人的事情了。

我的天，連只愛睡懶覺、對別的事情一概不關心的土坷垃都知道了。看來，這件事情已經不是秘密，怪不得前幾天放學他都一早回家呢。

「他真的頭上頂着烏雲，往自己身上下雨嗎？」土坷垃聳聳肩說，「那他不是很快就會變成泥巴，然後被水沖去了嗎？」

「不知道，不過我認為他真夠倒霉。身邊總是潮乎乎

的，連一些新鮮的塵土都沒有，怎能正常呼吸呀？」我正幻想着這個可怕的情景，忽然，不遠處傳來了救命聲！

「救命啊，救命啊！」

我和土坷垃連忙加快腳步，看到喊救命的竟然是我們的同學——土錘！

只見他倒在地上，雙腿發軟，看樣子是受到濕氣的侵襲了。

「土錘，你怎麼了？」我正要上前扶他，土坷垃一下拉住了我。

「先別過去，你看他周圍還有水滴，濕氣也會侵襲你的。」土坷垃的擔心不是沒有道理的，要知道，我們北土國的人最怕的就是水！

好奇怪，這麼好的天氣，哪裏來的水呢？這時我想到老媽的那句話：「以防萬一啊……」

對了，我的土沙袋！我不得不讚歎，老媽真有先見之明啊！

想到這裏，我飛快地摘下書包，拿出老

媽給我準備的土沙袋：「沒關係，我有這個！」

打開土沙袋，我一邊往土錘身邊靠攏，一邊往身上撒土，與此同時，周圍的水滴也被我撒的乾土吸收了。

走到土錘身邊時，我剛好用了一袋沙土。剩下的一袋撒到土錘身上，很快他就站起來了。

看到土錘沒事，我們終於放心了。

「謝謝你！」土錘感激得都不知道該說什麼了。

「沒關係，你只要別模仿我給土豆寫的情書就好！」我笑着捶了他的肩膀一下。

「肯定不會的。」土錘的臉像紅土一樣紅，「我的情書是原創的，也不是寫給土豆的，你放心。」

這時土坷垃也跑了過來，他大驚小怪地喊道：「土球，你真厲害！」

「是我老媽厲害。」沒想到老媽做的土沙袋還真幫上了大忙，想想看，昨天我還嫌沉重不願意帶着呢！

「土錘，你怎會被濕氣侵襲的？」我忽然想到一件重要的事情。

一說到這個問題，土錘立刻沉浸在剛才的驚恐中，連說話都結結巴巴的，不完整了：「是……是……下着雨的

烏雲怪人。」

「烏雲怪人？」我跟土坷垃張大嘴巴異口同聲地説道。

土錘使勁點點頭，渾身哆嗦個不停。

原來真的有烏雲怪人啊！我以為是人們傳的謠言呢！見土錘緊張的樣子，我頓時收緊了心。看來這個烏雲怪人的威力不可小覷啊！

「烏雲怪人為什麼襲擊你？」我小心地問道。

「我也不知道，我正低頭走路，一抬頭，就看到他從我身邊走過，我……」土錘的話還沒説完，我們就看到街角拐出了一小團烏雲。

「是……是烏雲怪人！他又來了……」土錘説着雙腿一軟又差點摔倒，還好被我們扶住了。

那果然是一片烏雲，還是那種能下雨的烏雲。它的下面走着一個瘦瘦小小的人，看上去跟我們的年齡差不多大！那片小烏雲一直下着小雨，淅淅瀝瀝的，烏雲下的人全身都被淋濕，頭髮貼在臉上，看起來一副失魂落魄的樣子。

凡是他走過的地方，地面都被雨水淋濕了，留下一個

又一個泥腳印。

這樣太糟糕了，要知道，我們北土國的人最討厭的就是濕漉漉的東西。濕漉漉的空氣越多，我們呼吸的塵土就越少，要是沒有塵土，真不敢想像我們怎樣生活下去。

街道上的行人都驚恐地看着烏雲怪人，迅速閃開。沒有人敢靠近這個讓人窒息的怪人，更沒有人敢和他説話。

我正目瞪口呆，只聽土坷垃大喊一聲：「快跑！」然後一手一個拉起我和土錘拼命跑了起來！

我邊跑邊回頭看那個烏雲怪人，他濕漉漉的身影顯得那麼落寞。很快，他就消失在街角的拐彎處了。

我們就這樣一口氣跑到學校，終於可以休息一下了。

「如果不是你拉我，説不定我還能跟烏雲怪人大戰三百回合呢！」我停下來氣喘吁吁地説。

「吹牛，你一下子就會被濕氣打敗的！」土錘肯定地説。

「説不定我們可以好好談談呢。」我還是不服氣。

要知道，人們都説就是因為他的到來，影響了我們整個國家的天氣！他真有這麼大的威力嗎？他看起來也是個小學生，一點兒都不像壞人啊……

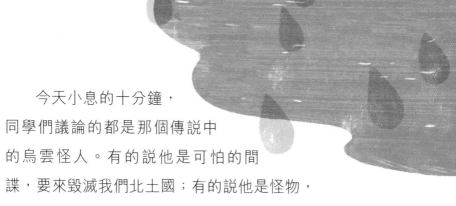

　　今天小息的十分鐘，
同學們議論的都是那個傳說中
的烏雲怪人。有的說他是可怕的間
諜，要來毀滅我們北土國；有的說他是怪物，
會噴水會下雨；有的還說他會飛，如果他不高興，會把天
空撞出個窟窿來，天空上的洪水傾瀉下來會淹沒整個國
家！

　　但不管烏雲怪人有多可怕，我依然決定要去會一會
他，問清楚他到底要幹什麼！

　　我跟土坷垃說了我的想法，並希望他跟我一起行
動，可是土坷垃說我發燒了，還說：「除非你想變成一堆
軟塌塌的稀泥！」

　　「哼，膽小鬼，你不去，我自己去。」我生氣地
說。

　　「我老爸說……」土坷垃的話還沒說完，我們身後
就傳來一個堅定的聲音。

　　「我跟你去！」

　　說話的是土錘，沒想到土錘會這麼勇敢，比土坷垃
勇敢多了。

主動出擊

老爸説，人必須要有夢想，有夢想的人具備了執着的信念和勇往直前的勇氣！我的夢想是成為像「土遁將軍」那樣的人，能保衛整個國家的大英雄！現在，機會來了，我不能錯過！

於是我決定利用周末休息的時間，主動出擊，去尋找烏雲怪人！當然，我才不會魯莽行事，為這次尋找烏雲怪人的行動，我做了很多準備。

準備一：儲備乾土。這個當然要靠老媽的土沙袋了。為了不讓老媽察覺出異常，我偷偷去土掉渣廣場找來一些乾土。可惜因為最近天氣的變化，土掉渣廣場的乾土也沒多少了。

準備二：從側面問了老爸，如果跟烏雲怪人不小心碰面該怎麼辦？老爸告訴我：「見到烏雲怪人先不要慌，要往周圍撒乾土，這樣濕氣就會被攔截。」問了也白問。原

來和我的辦法一樣啊！

　　準備三：找一個合適的理由出門。要知道，自從老媽聽説我們上學路上遇到烏雲怪人的事情後，就堅決不讓我隨便出門了。甚至去學校都不敢讓我自己走，一定要和土坷垃結伴而行。所以可想而知，我周末想出個門是多麼不容易。

　　還好我點子多，我是這樣和老媽説的：「老媽，今天學校要求我們去平整操場。」要知道，往年平整操場都是老師和學生一起完成的，這個理由不會被懷疑。

　　「啊？不是上半年剛平整過操場嗎？」沒想到老媽的記性這麼好。

　　「嗯……對啊。」我滴溜溜地轉着眼珠，「可是今年不是情況特殊嗎？對，就在前幾天，我們課室的屋頂還往下掉土呢！」

　　「這麼嚴重，沒傷到你吧？」老媽關心地問。

　　「沒有，已經被校工叔叔修好了。」我繼續説，「所以操場也要平整啊，否則下一次扭傷腳的，就説不定是誰了。」

　　和我期盼的一樣，老媽果然爽快同意了。

見我出門的時候帶了許多土沙袋，老媽還稱讚我安全意識加強了呢！

這大周末的、往日熱鬧的土掉渣廣場卻冷冷清清，街上也沒幾個人。人們一定都知道了烏雲怪人的事情，沒事都不敢出門了。

我跟土錘約好在這裏會合後，制定了一個搜尋計劃，以廣場為中心向四周尋找，我們分頭行動，如果發現異常就吹土哨子通知對方。

「沒問題！」土錘和我擊了一下掌，有了我準備的土沙袋，他的勇氣增強了很多。

就這樣，我們開始了尋找烏雲怪人的勇士大行動。

不過，這件事説起來簡單，做起來就難了。要知道，這個神秘的烏雲怪人行蹤詭異，今天在這兒出現，明天在那兒出現，根本沒有什麼規律可循。轉眼半天過去了，我們連一點他的蹤影都沒發現。

就在這時，我突然發現冷清的小巷裏，有個長長的影子映了出來。

烏雲怪人？終於被我逮到了！我悄悄走過去，不敢發

出一點聲音，越靠越近，邊走邊慢慢拿出準備好的乾土。

「啊！」隨着一聲大叫，只見塵土漫天⋯⋯

「土球，怎麼了？」土錘聽到我的聲音，從另一條街跑了過來！

我正和小巷裏跑出來的人「大眼瞪小眼」地互相看着，然後一起笑了起來。

原來是土坷垃！我們剛才都以為彼此是烏雲怪人，結果撒了對方一頭土。

只見土坷垃穿了盛裝，也就是「撒土節」穿的有好多口袋的那種衣服。口袋裏裝滿了乾土。我想，如果這是他「撒土節」收穫的土，他肯定會成為「最土公民」的。

「你怎麼來了？還鬼鬼祟祟的。」我驚訝地問道。

「你們兩個笨手笨腳的，沒有我怎麼行！」土坷垃一臉正氣地說，「我們都是好朋友呢，所以我必須跟過來保護你們！」

這個土坷垃，那天還說我發燒燒壞腦子，現在卻又像個俠客一樣忽然出現，真不知道他到底是膽小還是勇敢！不過這樣也不錯，我們的二人勇士小組，現在變成了三人

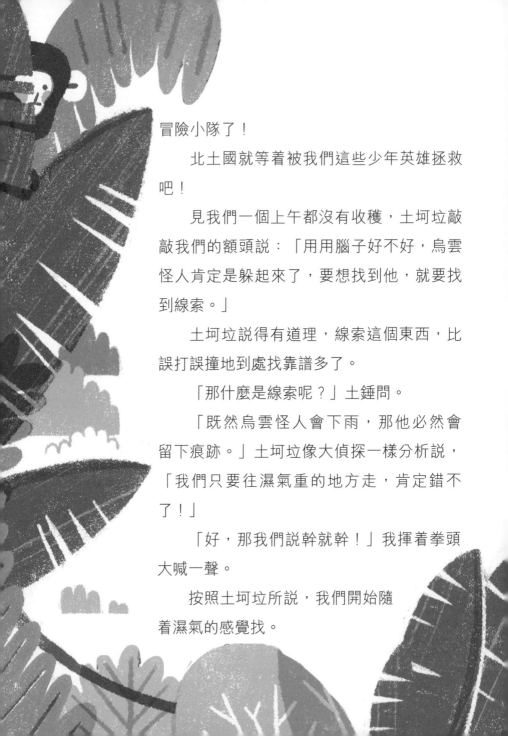

冒險小隊了！

　　北土國就等着被我們這些少年英雄拯救吧！

　　見我們一個上午都沒有收穫，土坷垃敲敲我們的額頭説：「用用腦子好不好，烏雲怪人肯定是躲起來了，要想找到他，就要找到線索。」

　　土坷垃説得有道理，線索這個東西，比誤打誤撞地到處找靠譜多了。

　　「那什麼是線索呢？」土錘問。

　　「既然烏雲怪人會下雨，那他必然會留下痕跡。」土坷垃像大偵探一樣分析説，「我們只要往濕氣重的地方走，肯定錯不了！」

　　「好，那我們説幹就幹！」我揮着拳頭大喊一聲。

　　按照土坷垃所説，我們開始隨着濕氣的感覺找。

因為喜歡乾燥，我們北土國人的皮膚、眼睛、鼻子，都對濕氣有着敏銳的感覺。所以，這一點對於我們來說再簡單不過了。

　　朝着濕氣重的方向前進，我、土坷垃和土錘不知不覺就走到了植物園。

　　北土國的植物園和一般國家的不一樣。我們的自然課老師說過，其他國家的植物葉子都是綠色的，會光合作用，吸入二氧化碳釋放氧氣。而我們北土國的植物，葉子都是黃色的，也會光合作用，不過是吸收水分釋放塵土。

　　所以，據說郊外的那一大片防潮林，就是靠這樣的樹木經過嚴密的布局，來達到防護整個國家的作用。

　　周末的植物園雖然免費遊覽，但由於最近是特殊時期，這裏連一個遊人都沒有。我們暢通無阻地走進植物園才發現，問題遠比想像中可怕！

這麼簡單就拯救了國家？

　　這裏的濕氣竟然那麼嚴重，嚴重到有些樹葉已經開始發綠了。不知道植物園的工作人員察覺到這些異常沒有？他們為什麼不想點緊急補救措施呢？這樣下去，植物會變異，甚至會死掉的！

　　記得小時候我聽祖母說，如果濕氣太大會變成水氣，水氣會把我們的樹木變成可怕的妖怪。儘管祖母講的這些有點嚇唬小孩的成分，因為她後面還加了一句：「再不睡覺，當心樹妖怪抓你們去吸水！」但現在事實確實如此，我們的黃色樹木就要變成「綠色妖怪」了！

　　我正陷入回憶與沉思中，忽然土錘碰了我的胳膊一下，大聲說道：「看，烏雲！」土坷垃嚇得立刻跑到我身後。

　　烏雲怪人真的躲在植物園裏，難怪這些樹木發生了嚴重的變異呢！

聽到我們的聲音，烏雲怪人也猛地回過頭，這次我更加清楚地看到了他。

他看起來應該也是一個小學生，一片小烏雲罩在他的頭頂，不停地下着雨。他那瘦瘦的身子濕漉漉的，臉上也一直在往下滴水。

這場面太可怕了，難道他不怕水嗎？

「你到底是誰？為什麼來破壞我們北土國的氣候！」我壯着膽剛要走近他，忽然感覺自己的雙腿沉沉的，一步都邁不開了。

土錘連忙往我身上撒乾土。

「走開！你這個濕漉漉的討厭鬼！」土坷垃更是二話不說就開始用沙土攻擊那個烏雲怪人。

烏雲怪人頭頂上的小烏雲好像很害怕的樣子，不停地顫抖着。烏雲怪人的臉色也變得很難看，他一句話都沒說，驚恐地轉身跑出了植物園，很快就消失在街道的轉角處了。

不會吧，這麼簡單就打敗這個破壞我們國家氣候的壞傢伙了？我簡直不敢相信，這場我想像的「慘烈戰爭」，這麼快就結束了。

見烏雲怪人逃走了，土錘和土坷垃更起勁了，他們大喊着：「追上去！消滅他！」

可是我卻覺得烏雲怪人好像也沒那麼可怕，他根本沒有攻擊我們，反而蠻可憐的。

「烏雲怪人被打敗了，不會回來啦。」我拉住他們，「這下我們北土國太平了。」

「土球，你還説我是膽小鬼呢，看見我剛才多麼勇敢吧，如果是你，都被嚇得走不動了。」土坷垃得意揚揚地説着，順便還嘲笑我一番。

我沒有心情反駁他，只想着烏雲怪人逃走的背影。

回到家，老媽問我學校操場平整得怎麼樣，還説我看起來好累，身上也弄得亂七八糟的。我只點點頭簡單地説：「還行，勝利結束！」接下來老媽還説了什麼，我沒聽進去，就走回自己的房間。

我不知道這件事要不要告訴老爸，畢竟老爸是氣象方面的專家。但是我又怕他擔心。我正猶豫着，老爸就回來了！

「老爸，你回來得好早哦。」我奇怪地問，「今天不用加班嗎？」

「説來也怪，今天下午下土量又恢復了一點，所以今天不加班。」老爸聳聳肩，看來他的氣象塵圖並沒觀察出原因。

老爸都説天氣正常，這下我可以放心了。看來，天氣變壞真的是烏雲怪人引致啊！

這麼説，我們三個小學生真的拯救了國家？這麼簡單？

周一剛到學校，我就看到大家圍在土坷垃和土錘身邊，在聽他們説着什麼。我湊過去一聽，才知道他們在給同學們講我們周末的大冒險呢。

「你們不知道啊，那烏雲怪人太厲害了，他向我們瘋狂噴水！」土坷垃誇張地説。

「烏雲怪人的眼睛裏都會噴水嗎？好可怕！」

「他是不是還長了一張血盆大口？三個頭，八條腿？」

大家七嘴八舌地問個不停，土坷垃頻頻點頭：「那當然，我保證你們都沒見過那麼可怕的怪物！」

天啊，這兩個傢伙把烏雲怪人説得太離譜了。

我本來想澄清一下，但是走進門的老師也拉着我説：

「沒想到啊，我們班出了三個小英雄！」

　　竟然連老師都知道我們打敗烏雲怪人的事情了？我猜一定是土坷垃自己說的。老師還準備給我們三個頒發勇敢獎狀。我可從沒得過什麼獎狀，這次我們真的成為大英雄了。

　　不過，成了「大英雄」，我們的生活好像也沒什麼變化，一切就這麼過去了，我們的北土國也恢復了正常。

　　放學後，我依舊要先給土豆寫完情書再回家。要知道，我是個堅持不懈的男生！

情書被破壞了

　　今天，我像往常一樣跟土坷垃一起去上學，推開課室門的一剎那，我看到那個本該屬於我的位子上，竟然坐着一個女生，那個女生正是——土豆？

　　沒錯，我沒眼花，就是土豆！

　　她肯定是來誇獎我勇敢的，我就知道這次土豆肯定會注意到我。

　　土坷垃也像是看見下雨一樣張大了嘴巴，差點兒沒把下巴撐掉了。倒是土豆看見我倆愣在門口，嘴角微微上翹，笑了。

　　我覺得我的小小心臟又開始不聽使喚，沒有節奏地、胡亂的跳起來了。

　　我該怎樣走到座位前呢？是先邁左腿好還是先邁右腿好？我要不要露出我那顆烏雲門牙跟她笑一下？第一句話說什麼好呢？

我腦子裏亂成一團風沙，呼呼地捲走了我的思考能力，感覺自己變成一堆笨泥巴了。

土豆看到我傻愣愣地站在門口，落落大方地從我的座位站起來，走到我面前，微微一笑。

「土球，你為什麼不給我寫情書了？」

我？情書？這話怎麼講？我一直都在寫，一天都沒有遺漏啊！可是我怎麼都張不開嘴呢。一定是因為這話問得太突然，讓我有點兒迷茫。

土豆根本沒有讓我回答的意思，她接着説：「我只收到十四『風』完整的情書，後面的呢？」

我更困惑了。幸虧在我旁邊的土坷垃機靈，連忙幫我搶答：「土球天天放學去大沙地給你寫情書，一『風』都沒少，我是親眼看到的。」

「對對對，就是這樣。」我使勁點點頭，努力證明自己是無辜的。

「真的嗎？可是，我從第十五天開始，收到的就都是些莫名其妙的零碎詞句了。我想先謝謝你的前十四『風』情書，當然，如果你沒有誠意，以後也可以不寫哦。」

説完這段話，土豆瀟灑地一轉身，把她黑黑的馬尾辮

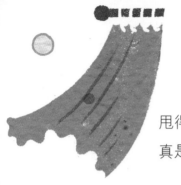

甩得高高的，走回自己的座位了。這個動作真是土到爆炸，我都看呆了。

「她真的很可愛呀……」我自言自語道。

土坷垃用略帶嫌棄的表情看着我，説：「別陶醉了，你的情書都出問題了。」

對啊，現在不是自我陶醉的時候，我得弄明白，我寫的情書破碎的真相。

我敢對天發誓，我絕對每天放學都趕在起風前，在沙地上寫好完整的情書。那土豆收到時怎麼會變成碎片呢？

這裏面肯定有問題。説不定是哪個和我一樣喜歡土豆的男生搞的鬼，趁我回家後做了手腳。

真是的，烏雲怪人剛被我們打敗，又出現一個破壞情書的傢伙，不過我並不怕他，我是連烏雲怪人都能打敗的勇士！

於是，我又拉上土坷垃和土錘，讓他們和我一起來查明原因。

我知道女生們最喜歡的一首歌叫做《土撥鼠之歌》，所以，我把我們的組合命名為「土撥鼠大偵探聯盟」。

等着瞧，破壞我情書的傢伙，我們一定把你找出來！

可是現實卻不像我想得那麼樂觀，緊接着就發生了更可怕的事情。

這天早上，我還在被窩裏睡懶覺，忽然聽到了老媽驚恐的叫聲。我「騰」一下坐起來，撒腿就跑進他們的臥室。

只見老媽正端坐在梳妝枱前，看着鏡子裏的自己。老爸則抱着胳膊站在旁邊，一臉關切的神情。

這尖叫顯然就是因為「照鏡子」引起的。我三步併作兩步走到她身旁，老媽發現我過來，條件反射般地迅速捂住了臉。

「老媽，你怎麼了？」我關心地問，「長鬍子了？」

老爸拉了我一下：「現在可不是開玩笑的時候！」

我連忙捂住嘴，望向老媽。見我看她，她欲言又止：「我的臉……」

「你老媽的臉好像過敏了，濕氣過敏。」老爸顯然是經過了一番思考後才得出的結論。

果然，從老媽捂着臉的手指縫中，我看到她原本光滑的泥土色皮膚，此時變得坑坑窪窪的！

這太誇張了，誰不知道我老媽的皮膚好，她原先是「美膚土花膏」的代言人呀！面對這樣的一張臉，老媽不尖叫才怪呢。

安慰了半天老媽，我就把平復她不安的心情的任務交給老爸了。用老媽的話說就是：「不管發生什麼事，上學都是最要緊的！」

我只能提着書包，來到學校。到了學校，我才發現不只是我老媽的臉過敏，我們班好幾個女生的臉都變得坑坑窪窪的。

看來這不是偶然發生的現象。除了過敏的女生，還有些座位是空着的。土錘沒來，難道他也過敏了？土豆的位

置也是空着的——天啊，連土豆都沒來上學！

上課的時候，班主任老師聲音沉重地説：「由於最近的天氣異常，我們學校每班都有學生無緣無故得了濕疹，大家出門可一定要做好防潮措施啊！」

老師的話音剛落，課室裏就發出了一片噓聲。

要知道，濕疹在北土國幾乎絕跡了，自從我們國家幾十年前建成了防潮林，據説從我外婆那一輩人起，就已經沒有得濕疹的了。

「總之，大家出門一定要小心。」班主任老師説着搖了搖頭，「太奇怪了，這種天氣太奇怪了……」

接下來的倒霉事還不止這一件。音樂老師的嗓子又發炎了，音樂課取消；體育課上要用的沙球都沒法玩了，體育課取消！

於是下課後，同學們開始質問我們是不是騙了他們，烏雲怪人根本就沒被我們打敗。老師也不再提獎狀的事情，這可弄得我們太尷尬了。

「還好土錘沒來，躲過了責怪！」土坷垃小聲對我説，「一定是被我們嚇跑的烏雲怪人變得更強大後，又回來了！」

鬆軟乾土
成了搶手貨

　　這個推測有點道理，因為在接下來的日子裏，我們看到更多奇怪的現象。

　　前天還很平坦的大馬路，一夜之間就變得凹凸不平；有人晚上掛在陽台上曬塵土的衣服，早上起來莫名其妙地少了一隻袖子；據說在一所小學的門口，竟然還出現危險的水窪！這可不得了，要是誰家小孩一不留神踩進去，是會有生命危險的！

　　形勢好像變得更加緊張，我老爸又恢復了徹夜加班的工作。

因為天氣異常，國家電視台的「天氣預報」成了收視率最高的節目，北土國氣象局每天都會收集測算濕氣數據，通過電視台發布濕氣警報。

　　「五天裏竟然有四天都是最高級別的紅色警報，還讓不讓人活了！」人們看着電視節目抱怨，可是卻又無能為力。

　　電視台已經開始建議幼稚園放假，學校延後上學時間、提前放學時間，以保證大家都能在相對乾燥、日照強的時段出行。

　　國家氣象局說近期的濕氣指數達到有史以來的最高值，專家們建議大家在家中多多儲備鬆軟乾土，以防不測。

　　於是，商場裏的鬆軟乾土被搶購一空。大家都把這些乾土大包小包的堆在家裏，這樣心裏才能踏實一些。

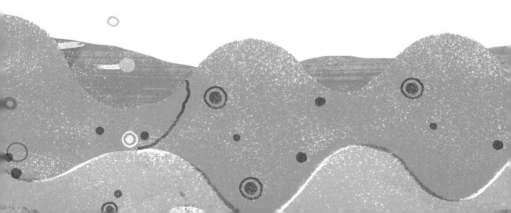

事情發展到這麼嚴重的地步，我覺得我們的「土撥鼠大偵探聯盟」應該再次行動。目標除了是破壞我情書的壞傢伙，還有那個變得強大的烏雲怪人。

沒想到土坷垃這次竟然說要退出「土撥鼠大偵探聯盟」，不再跟我一起去冒險了。

「我老爸說最近人們陸陸續續地生病，我真的不想自投羅網。」他站在學校門口東張西望地說着，「土球，你也別查了，當心烏雲怪人來報復！」

說完，他就拋下我先跑回家了。

我才不怕，說不定我的情書就是那個怪人破壞的，我一定要找到證據！

「好吧，我應該再去問問土錘願不願意跟我去冒險！」我自言自語地說，準備去探望一下生病的土錘。

到了土錘家我才知道，他根本沒生病，而是他老媽怕他有危險，把他鎖在家裏，不讓他去學校了。

土錘隔着保險窗告訴我，這次他大概也不能陪我一起去了。因為上次冒險回來，他老媽就對他嚴格管制，還說危險沒解除連學校都不能去！我真慶幸自己沒有把那天去植物園的事告訴老爸老媽啊！

　　「土球，你能幫我一個忙嗎？」這時，土錘可憐兮兮地請求道。

　　「什麼忙？」既然是朋友了，幫忙不算什麼！

　　土錘紅着臉說：「你給土豆寫情書的時候，順便幫我給土美麗也寫一封好不好？」

　　土錘這麼一說我才知道，原來土錘偷偷跟我學着寫情書，是為了寫給土美麗啊！不過當他說明他寫情書的內容後，我就知道他不是模仿我了。因為土錘寫的情書都是當天的作業答案。

　　「這樣的情書才有用啊！」土錘得意地說，「我敢保證，我的情書土美麗絕對喜歡！」

　　「沒錯！」我和土錘隔着保險窗擊了一下掌，「我也這麼認為的，所以我寫的情書也很有用！」

　　告別土錘後，我歎了口氣。看來，「土撥鼠大偵探聯盟」只剩下我一個人了。不過沒關係，我還是會找出破壞我情書的壞傢伙，還有就是抓住破壞我們國家氣候的烏雲怪人！

　　雖說全國上下都已經草木皆兵了，但我依舊在每天放學後，直奔大沙地，兢兢業業寫我的情書，然後等着沙塵

　　暴把我的情書捲走，吹進土豆的窗戶。對了，當然還有土錘送給土美麗的作業答案情書。

　　只是，沒有土坷垃和土錘的陪伴，我有些失落。

　　「哼，膽小鬼土坷垃！倒霉鬼土錘！」我憤憤不平地想着，「沒有你們，我自己也可以寫情書！我是不會間斷的，何況『土撥鼠大偵探聯盟』，不對，是『土撥鼠大偵探』還沒弄清楚，到底是誰破壞了我寫給土豆的情書呢！」

　　我把今天的情書寫好後，悄悄地躲在沙丘後面觀察。最近一段時間我都是這樣，目的就是想要親眼看到是誰破壞我的情書。雖然一直毫無結果，但是我不會放棄的。

没過多久，沙塵暴來了。我看着那「風」情書像一幅輕紗，優雅地飄在沙塵暴裏，字字句句被沙塵暴裏挾着，像靈動的蝴蝶一樣，飛向女生宿舍樓土豆的窗口。

「好美呀！」就在我為自己的傑作陶醉時，忽然，飛到一半的情書有了變化，有些「沙字」竟然劈哩啪啦地掉了下來。

情書破壞王出現了！

在漫天風沙中，一股若即若離的潮濕氣息一點點地靠近，它直接影響了沙塵暴的密度。

我緊張萬分，趴在沙丘後面小心觀察着。

那股濕氣來自於一團寂寞的黑影。黑影慢慢顯出了輪廓，然後越來越近，越來越清晰……當看到他的全身時，我驚訝得趕快吞下自己的聲音，只剩下一張大嘴巴了。

是他！真的是那個被我們嚇跑的烏雲怪人！

他來自
西雨國

　　這下真相大白了，就因為這個烏雲怪人走過這片大沙地，身上的雨水淋濕了情書，才害得我的情書變得支離破碎的！

　　這麼說，我們國家的氣象異常真的是因為他到處亂走！

　　我有點兒不安，想衝出去和他說：「不要來這裏，走開，不要破壞我的情書！」

　　可是萬一我被他的水氣影響也得了濕疹怎麼辦？萬一他進攻我，說不定我還會不小心碰到雨水，到時候整個人說不定都會化掉呢！

　　我躲在沙丘後面糾結着，看着這個瘦瘦小小的烏雲怪人頭上頂着烏雲，身上淋着雨，走到哪裏哪裏就泥濘一片。

　　忽然，他歎了口氣，坐了下來，顯露出一副很疲倦的

樣子。

「看來他不像是什麼壞人。」我心裏想着，覺得應該出去遠遠地和他聊聊。

於是我慢慢走出沙丘，站在離他足有20米遠的前方看着他。

「喂，烏雲怪人！我們聊聊，我不會往你身上撒沙土的，但你也不許襲擊我。」我大喊一聲，做好隨時逃跑的姿勢。

那個濕漉漉的人茫然地抬起頭，看到我後，緊張地想要走開。

「我不會傷害你的，況且這裏只得我一個人。」我喊道。

他停下腳步，瘦小的身影顯得更加落寞。一會兒，他緩緩地回過頭，濕漉漉的頭髮甩出幾滴水。他用帶着疑問的眼神看着

我，過了好久才緩緩地開了口。

「我也不會襲擊你的。你……你是第一個主動跟我説話，並且敢靠近我的北土國人。」他跟我説話了，他的語氣都是一股潮濕的味道。

我覺得呼吸有點兒不暢順，雖然我們還有一定距離，但他身邊的濕氣已經讓我難受了。我給自己壯了一下膽，假裝勇敢地説：「沒錯！我，我是土掉渣學校最勇敢的學生！」

説完，我努力地深吸了一口氣。

「你們用不怕我，我才不會傷害任何人呢，反正，我也活不久了……」那個烏雲怪人説着，眼中竟然流出了水！

「活不久是什麼意思？」我不明白，「那你趕快回你家啊，別在我們國家亂跑，害得我老媽都得皮膚病了。」

烏雲怪人垂下了頭，説：「你以為我不想回家嗎？你能帶我回家嗎？」

我還沒弄明白他説的是什麼意思，他已經喃喃自語地説了起來。

「我家住在西雨國。」烏雲怪人停頓一秒，繼續説，

「我迷路了，我走了好多天，不，大概有一個月了。沒有人願意告訴我正確的方向，大家一見我就躲得遠遠的。你們國家到處都是沙塵，讓我無法呼吸，而且我身上的雨水越來越少，再不回家，我真的就要死了……」

西雨國？我好像聽祖母說過，那是一個和我們國家截然相反的國家。

我們呼吸塵土，他們離不開雨水；我們喜歡乾燥，他們喜歡潮濕。難怪他在我們國家無法呼吸，而他的出現也改變了我們的氣候呢！

我太高興了，原來他不是要和我搶土豆，也不是破壞王，他只是個迷路的外國小學生啊。

「真的對不起，之前我們還以為你是侵略我們國家的大魔頭，我們還……」我不好意思地向他道歉。

「沒關係的，因為我們不了解對方嘛。」烏雲怪人並沒有怪我，而且他頭頂的烏雲好像還停止下雨了。

我從來沒想過，在我們國家竟然能見到一個來自西雨國的人，這絕對是一生都難遇到的奇遇啊。

「我很同情你的遭遇……我，也許我能做些什麼，我叫土球。」我不敢和他握手，但是我可以向他笑。

笑容好像就是這麼萬能，它能瞬間融化誤解。

我一笑，他也微微地笑了起來：「你有烏雲牙齒啊，跟我一樣！你好，我叫水滴。」

真的啊，水滴一笑也露出他的牙齒，竟然也是烏雲做的，這下子，我們的距離好像更近了。

知道水滴是西雨國的人後，我就更加好奇了。於是我探頭探腦地看着他頭頂的小烏雲問道：「你那個小烏雲會一直下雨嗎？」

「當我呼吸不了的時候，它就會下雨。就像你們呼吸不暢的時候需要吸沙塵一樣。」水滴說。

「哦！」我恍然大悟，「那它可以不下雨嗎？短暫的？」

「可以，當沒有那麼大的沙塵暴、空氣相對濕潤的時候，還有我心情好的時候，它就不下雨。只不過……」水滴又憂傷起來，「我的烏雲越來越小了，它快下不出雨來了，我也快喘不上氣了。」

「那你怎樣才能呼吸順暢呢？」

「回家。」水滴看着我的眼神中充滿了期待，「土球，你能幫我找到回家的路嗎？」

那一刻，一個念頭像龍捲風一樣鑽進了我的腦袋——對！我要幫他回家，他回了家我們國家的天氣也就恢復正常了，我的朋友們也不會被過敏和濕疹困擾了！沒錯，就這麼辦！

　　但是，他的國家在哪裏呢？該往哪個方向走才是西雨國呢？

　　當我問到這個問題的時候，水滴滿臉困惑和無奈地看着我說：「我想趕緊離開，立刻！馬上回家。可是……可是……我迷路了……」

　　老爸老媽從來沒帶我出過國，我們國家的人出國旅遊也只是去「東沙國」和「南塵國」，才不會有人去西雨國自找苦吃呢！

　　「水滴，你別着急，你仔細想想你家的方向？」我追問道。

　　「嗯，好像……我也說不好。」看來水滴是迷路很久了，他完全搞不清楚方向和路線。

　　「那你是怎樣迷路的啊？」我繼續問。

　　水滴抬起頭看向遠方，陷入回憶中。

回憶的影像

　　只見他頭頂的烏雲開始變換顏色和形狀，不一會兒烏雲裏竟然顯現出模糊的景象。

　　太不可思議了，這片小烏雲就像是電視屏幕一樣，出現了畫面。畫面裏有很多的烏雲怪人聚在一起，我看不出大家在幹什麼。

　　水滴告訴我説：「這是我們西雨國一年一度的集會，每到這天，大家就會聚集在這裏，為各自頭頂上的烏雲增加分量！」

　　原來，由於西雨國的人離不開雨水，而他們頭頂上的烏雲又難免會受到暴風的影響，逐漸變少，所以每年大家都會來到「烏雲加工廠」增加烏雲的覆蓋量。

　　我從畫面裏看到一個人在用扇子往另一個人頭頂搧烏雲，兩塊烏雲相遇後，就自然而然地融合成了一大塊。我還看到好多西雨國的人乘坐着熱氣球在天空中採集烏雲。

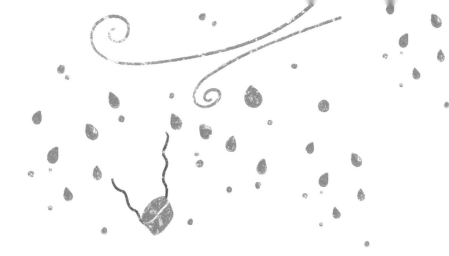

　　「這是專用熱氣球。」水滴解釋説，「因為烏雲加工廠很高。」

　　我覺得這個專用的熱氣球簡直太酷了，它晶瑩剔透，全部是用水做成的！最厲害的是，這個熱氣球可以隨時變換方向和高度，像個耀眼的水晶球穿梭在烏雲中。

　　如果我不怕水，我肯定會試試這個熱氣球，那一定是令人記憶深刻的經歷。

　　聽我讚揚熱氣球，水滴的神情卻憂鬱起來：「哎，就是因為這個熱氣球……」

　　果然，從烏雲顯示出的畫面中我看到，那天水滴乘坐的水滴熱氣球出了故障，水門沒有關好，一陣風吹過來，熱氣球立刻解體了！出於求生本能，水滴雙手抓住自己頭頂的一大片烏雲，縱身跳了下去。就這樣，水滴抓着烏雲，隨風飄搖。

「東沙國？水滴，你降落在東沙國？那裏比我們北土國還乾燥啊！」我看到水滴抓着那片大烏雲，落在東沙國裏。

東沙國我當然知道，那裏風乾物燥，人們以沙為生，只有一種植物叫做仙人掌。東沙國有個很著名的旅遊景點「比沙斜塔」。老爸總説有時間會帶我去旅遊！

這雖然是我的夢想，但我敢保證，來自西雨國的水滴一定不喜歡也受不了乾燥的東沙國！

果然和我想的一樣，烏雲裏呈現的畫面是這樣的：剛剛落地的水滴看起來非常害怕，他驚惶失措地走來走去，為了解決乾燥的問題，他頭頂上的烏雲一直在下雨，不久，大烏雲就小了很多。

這時，水滴像個解説員似的，指着頭頂上的烏雲畫面告訴我説：「東沙國的乾燥使得他們那裏的人根本就不用害怕水，因為無論多麼重的濕氣，到了東沙國也會瞬間消失。」

「那你是怎樣做到的？」我追問道，「你竟然可以穿過東沙國來到我們國家。」

「綠洲，是東沙國的綠洲救了我。」水滴説。

緊接着，烏雲上出現了一片美麗的湖水景象。對，我聽老爸説過東沙國有湖，那個有湖水的地方名字叫綠洲。它清澈見底，像綠翡翠一樣美麗。藍綠色的湖水上面蕩漾着圓圓的植物，好像叫做浮萍，是一種特殊的水上植物。

　　雖然我知道自己無法靠近這個美麗又危險的景觀，但光是看看，也覺得很開眼界了！

　　水滴在綠洲附近尋找了幾天回家的路，還是一無所獲。他依稀記得，穿過東沙國往南走就是北土國，北土國和自己的國家接壤，也許那裏有人知道自己的家鄉吧。

　　「從綠洲裏吸取了很多的濕氣後，我就來到你們北土國。」水滴斷斷續續地説着，「可我沒想到北土國這麼大，我徹底迷失了！我試圖找人問路，但你們這裏的人都避開我，根本沒有人願意幫我！」

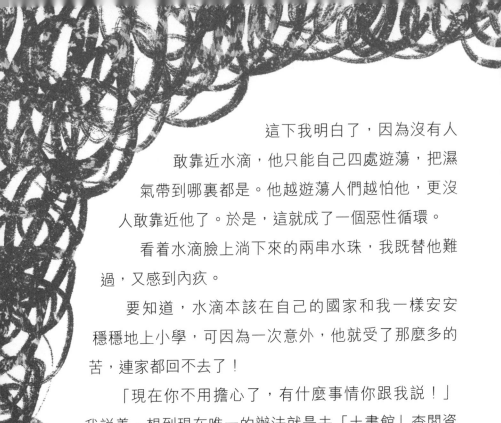

這下我明白了，因為沒有人敢靠近水滴，他只能自己四處遊蕩，把濕氣帶到哪裏都是。他越遊蕩人們越怕他，更沒人敢靠近他了。於是，這就成了一個惡性循環。

看着水滴臉上淌下來的兩串水珠，我既替他難過，又感到內疚。

要知道，水滴本該在自己的國家和我一樣安安穩穩地上小學，可因為一次意外，他就受了那麼多的苦，連家都回不去了！

「現在你不用擔心了，有什麼事情你跟我說！」我說着，想到現在唯一的辦法就是去「土書館」查閱資料，找到正確的路線才能送水滴回家。

對了，土豆不就是學校「土書館」的小管理員，可以請她幫忙啊！一想起土豆，我的臉就紅了。我想土豆一定會因為感謝我每天不間斷的情書而幫我吧！

水滴見我的臉紅了，緊張地說：「不好意思，是因為我，你喘不過氣來嗎？」

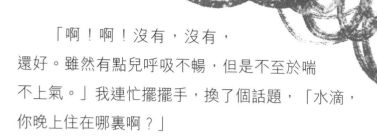

　　「啊！啊！沒有，沒有，
還好。雖然有點兒呼吸不暢，但是不至於喘
不上氣。」我連忙擺擺手，換了個話題，「水滴，
你晚上住在哪裏啊？」

　　「原本住在植物園裏，自從遇到你們後我就不敢在
那裏了。」水滴説着歎了口氣。

　　水滴説自己找不到可以問路的人，也找不到回家的
路，只能在街上四處流浪，而我們國家的塵土又在不停地
吸收他的濕氣，慢慢地，他的烏雲開始變小，他也變得虛
弱了。

　　看到水滴狼狽的樣子，我很愧疚，不過現在説什麼
都沒有用，當務之急是找到去西雨國的方向和方法。

　　「放心吧，水滴，我會幫助你！相信我。」我堅定
地看向水滴。然後我們迅速地握了一下手，約定明天這個
時間在這裏見面。

　　我會找到送他回家的方法的，一定會。

我要保衛國家

告別水滴後，我抓緊時間返回學校的「土書館」，找到了關於西雨國的資料翻看起來。

「西雨國，以水為生，人們討厭乾燥，難以適應風沙和塵土。他們喜歡雨水，喜歡潮濕。在這裏，人們用頭頂的烏雲來保持濕潤，當人們感到乾燥或者不安時，烏雲就會下雨，人們得到雨水的滋潤後心情也會變好。」

「當人們頭頂的烏雲逐漸減少時，西雨國的人們需要到遠在天空中的烏雲加工廠去增加烏雲。烏雲對於西雨國人民來說就是生命，烏雲與之共存亡。」

「西雨國人們的各種心情狀態都會體現在烏雲上，甚至人們的思想也可以用烏雲來表達。烏雲會用顏色、形狀、畫面來體現主人的各種情緒和動態。」

「愛水是西雨國人民的天性，他們利用自己的智慧將水分子經過嚴密的排列組合，創造出很多新產品，這些產

品也僅限於在西雨國使用。」

「西雨國人們會選擇在水上或者沼澤地居住，這樣人們才可以保持持久的濕潤。」

「西雨國地處⋯⋯」

不是吧，我剛要看到西雨國的地處位置時，發現那頁紙沒有了？不知道是誰這麼搗蛋，把書給損壞了。

「看來只能請小管理員土豆來幫忙了。」我心裏想着，開始自言自語地練習和土豆打招呼的方式。

「土豆——」

「土——豆——」

「嗨，土豆！」

「土豆——請問——」

⋯⋯

一定要自然、自然，再自然。

「嘿！叫我幹麼？」

我背後突然響起一個清脆的聲音，嚇我一跳。

「呀！土豆！嗯，真巧啊！」我不好意思地説。

「很巧嗎？我就是這兒的管理員啊，再説，你不是叫我好幾聲了嗎？」土豆笑咪咪地看着我説。

「是……不是……是……那個……」我一下就緊張得結巴起來。

看着土豆甩了甩她的馬尾辮，我趕快鼓起勇氣一口氣説道：「土豆，我有個秘密要告訴你。」

於是我趴在土豆的耳邊，把「烏雲怪人」水滴的事情一五一十都講給她聽。和我想得一樣，土豆聽完後，臉上是一副難以置信的神情。

「土豆，你一定要幫我。」我認真地説，「你幫了我，不不不，你幫了水滴就是幫了整個北土國，同時還證明了我真的每天都給你寫情書的。」

「好，你等着，我很快就回來。」説完，土豆轉身走進「土書館」最裏面的一排書架。不一會兒，土豆就拿着一幅「動態沙圖」回來了。

「你看！」她把沙圖往我面前一放，裏面的沙開始變化起來。

隨着畫面的變化，我看到我們國家北邊的防潮林上空，似乎有大量濕氣凝聚，衛星塵圖上也全是厚重的積雨雲。

「那裏應該就是西雨國了。」土豆肯定地説，「我記

得地理老師説過，周圍只有西雨國的濕氣最大。」

原來是那裏，難怪大人不讓我們去那片防潮林玩。原來出了防潮林就是我們不能適應的國度了。

可是，那裏的水氣那麼重，我怎麼才能順利地把水滴送回去呢？

「氣象局不是天天讓我們在家裏儲存乾鬆的塵土，來抵禦現在的潮濕天氣嗎？」土豆認真地説，「只要找到足夠多的乾鬆塵土，你邊走邊往身上撒，應該就可以了。」

真是的，一看到土豆我就緊張，緊張到把這個簡單的方法忘記了。土豆不愧是土豆，她真是太聰明了。

第一個問題解決了，第二個問題又來了。現在這個非常時刻，我要去哪裏找那麼多乾鬆的塵土呢？

謝過土豆後，我一個人在學校裏蹓躂，東走走、西看看地想辦法。

體育場上有個大沙坑，平常我們做體育活動時都在裏面。沙坑的沙子質量上乘，在上面做運動對膝蓋關節有保護作用。

我忽然意識到，要是能把沙坑裏的沙子用來當護身符就太好了。可是，我不能隨便拿走學校的公共財物，否則

同學們下課怎樣一起玩耍啊！

看着這些沙子，我突然想到一件事情。

對呀！就是這些！

我從沙坑上一躍而起，興奮地拍了拍屁股上的沙子，抖了抖鞋裏的沙子，然後跑向體育組。

現在是放學後的時間，體育老師正在閉目養神，曬着下午的陽光。

我躡手躡腳地走進去，站在他面前。體育老師感覺到有人走近了，立刻警覺地睜開眼睛。看到是我，老師笑了。

「我説是誰擋住了我眼前的陽光啊，原來是土球啊！真不巧，今天沒有體育器材需要整理。」

「老師，其實我……」我有點兒不好意思地笑了。

「謝謝你替我擋住了陽光，剛才曬得我可真熱呀。」體育老師伸了個懶腰，「看樣子，你是找我有什麼事吧？」

我連忙點了點頭：「老師，我想跟您借點兒東西。」

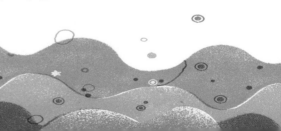

「借什麼？」體育老師歪着頭問。

「借體育室倉庫裏的沙球，壞了的那些。」

「哦？壞了的沙球？」體育老師瞇起眼睛，不知道是因為陽光太猛烈，還是在思考我借沙球的原因。

「老師，我借沙球是出於……出於……」

糟糕，來體育組找老師之前我沒想好理由，只顧着激動了。水滴的事，一句兩句也説不清楚啊！

「那是學校財產啊，雖説是壞的吧……」體育老師若有所思地擺弄着他的泥巴哨子。每次他想事情的時候都會做這個動作。

「老師，我需要用沙球做一件事，偉大的事。」我想了想，還是實話實説的好。

「哦？什麼樣偉大的事呢？」體育老師笑了，「你要用舊沙球建造一座沙子堡壘嗎？」

我搖了搖頭，搖得頭髮都冒塵土了。

「我做的這件事，現在還不能説，但我相信我一定會成功，只要老師您同意借給我那些壞了的沙球！」我一鼓

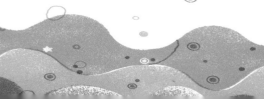

作氣地說着，「這是……這是可以保衛國家的大事。」

「可以保衛國家的大事！」體育老師鄭重其事地重複了一遍我的話。

「對！保衛國家。」我趕緊使勁點頭。

體育老師想了一會兒，從桌子上拿了沙板和筆，說：「好，寫個借東西的便條吧。」

我興奮極了，於是寫了一張特別認真的便條，借用原因寫的是：「保衛國家安全！」

跟着動態
沙圖走

　　轉眼就到了第二天，放學後，我把借來的沙球都放進背包裏，背着它們來到了大沙地。水滴還沒來，我正好也要抓緊時間把今天的情書寫完，我可不能因為要送水滴回家就中斷給土豆的情書。

　　就在我寫好了情書，沙塵暴剛剛把它吹上天空的時候，水滴又像昨天一樣出現了。

　　我趕忙加快腳步，扯着嗓子喊：「不要過來！水滴等一等！別過來！」

　　水滴顯然聽到我的呼喊，停下了腳步。

　　要知道，我馬上就要踏上危險之旅了，也不知道這次去會不會平安回來。所以，今天我無論如何也要給土豆寫一「風」完整的情書。

　　沙塵暴捲着我的情書慢慢升起，那些沙字就像一隻隻金色的蝴蝶，安全地飛遠了。

「祝你們好運，一定要飛進土豆的窗口啊！」我説着，戀戀不捨地看着情書飛得看不見了，這才向水滴招招手，向他走過去。

為了彼此的安全，我們倆仍舊保持着一段距離。我輕輕地把大書包放在地上，避免弄出太多的飛塵。

「這個啊，是壞了的沙球，我跟學校借的。」我拍拍書包説。

「借它做什麼？」水滴疑惑地問。

「送你回家。」我胸有成竹地説。

「靠它們？」他顯然有點兒懷疑。

我點點頭，把口袋打開給他看，裏面的壞沙球已經快被我撞成一大袋沙土了。

水滴雖然還是有點兒不明白，但是他很信任我，我從他的眼神中看到了期待。

他的聲音有點兒激動，充滿了水分：「這麼説，我快要回家了，是嗎？」

「我只能把你送到國境線。」我趕快補充説，「因為你們國家對我來說實在太危險了。」

「我知道，謝謝你，土球！」水滴特別開心。我看到

他雖然已經乾得嘴唇發白，但他堅持着沒有讓烏雲下雨，他一定是為了保護我。

事不宜遲，我重新背起書包，通過動態沙圖確認了方向。

「出發吧，希望我們都能平平安安！」我揮了揮手。

就這樣一個北土國的小學生，一個西雨國的小學生，好像是格格不入的兩個人，此時站在同一個隊伍裏，朝着同一個目標前進。

為了不讓更多北土國的人帶來恐慌，我們繞着小道走。本來平整好走的土路，因為水滴實在渴得無法呼吸，只能讓小烏雲下起了小雨，於是，這一路上就變得泥濘不堪起來。

這濕乎乎的雨水弄得我的鼻子很不舒服。我們必須保持一定的距離，若即若離地走着。幸好現在離夜幕降臨還有一段時間。

雖說我扛着一大袋沙土，但我可不敢輕易使用。誰知道路途上會有什麼事情發生呢？萬一關鍵時刻不夠用，那就糟糕了。

說實在的，雖然每次靠近水滴我都會覺得有點兒不太

舒服，但我仍舊覺得就憑他這樣的一小片烏雲，應該不可能引起我們國家這麼強烈的氣象變化！更何況有那麼多人同時出現過敏和濕疹、一夜之間有那麼多坑窪路段和水坑呢！

這裏面一定有什麼我們不了解的事情。

想着這些，我們已經走得很遠了。

要説起來，我們北土國真的很大，而且我還背着一袋沙土走路。最糟糕的是這些沙土根本不聽話，我歪一歪，它們也歪一歪，我扭一扭，它們也扭一扭，很快就累得我一頭土。

水滴遠遠地跟在我後面，乾着急卻幫不上忙。

「土球，你為什麼背着那麼多沙土卻不用啊？」水滴終於忍不住問我。

「因為現在我還好，我要留到關鍵時刻才用。」我用力往上提了提背包帶。

水滴撓撓頭：「關鍵時刻？那是什麼時候？」

「我也不清楚。」我呼出一口氣，

「我覺得大概就是我們到了防潮林的時候吧。現在我得堅持住！」

見我這麼辛苦，水滴試探着問：「要不要我來幫你背？」

「不要了，不要了，你會把沙土弄潮的。」我連連擺手。

我們邊說邊走，沒有停下腳步，一直朝動態沙圖顯示的方向走去。

為了讓我好受一些，水滴把隨身帶的手絹弄濕，蓋在自己的鼻子上，這樣就不用一刻不停地下雨了。

我們邊走邊聊着天：「水滴，我很好奇，為什麼我們國家的氣象變化那麼大？都是因為你嗎？」

「對不起，這個我也不清楚啊。」水滴不好意思地說着，「還好，我馬上就不會再給你們帶來困擾了。等我回了家，這種反常的氣象就會結束了吧。」

「我覺得不全是你的錯，一片烏雲下那麼一點點雨，怎麼可能造成這麼大的氣候影響呢？」我像是在問他，又像是在喃喃自語地思索。

就這樣，我們一直保持着適當的距離，聊着天，隨

着動態沙圖顯示的方向走進了一片樹林。

　　這片金黃色的樹林真大，有一種怎樣走都走不到盡頭的感覺。我和水滴走得腳底都疼了，還是看不到盡頭。

　　「好奇怪啊，水滴，你有沒有發現，我們好像剛剛走過這個地方？」

　　剛才我特別留意一棵長滿土瓜

的樹，因為不知道這種土瓜能不能吃，所以沒有摘下來。
可是走了一陣子，卻又遇到這棵土瓜樹。

　　「我們不會迷路了吧？」水滴擔心地問我。

　　「沒事的，我們有動態沙圖指引，不會迷路的，可
　　能是我看錯了。」我一邊安慰着水滴，一邊看着動
　　　態沙圖。不會有錯的，這是土豆給我的。

這是
哪裏？

　　我們繼續走着，可是不一會兒，又遇到了剛才的土瓜樹。

　　不可能的！這次我們在土瓜樹上做了個記號後繼續前行。但事實證明，我們真的迷路了，那個做了記號的土瓜樹再次出現在我們的面前。

　　水滴驚慌失措，頭頂上那片烏雲裏的雨也越下越大。這下我也有點兒緊張了，為了不被濕氣侵襲，我不得不抓出包裹的沙土，不停地往身上撒。

　　我告訴自己要冷靜，對，動態沙圖，我應該看看沙圖。我仔細研究着沙圖，發現它不流動了！

　　「哎呀，動態沙圖出問題了，我怎麼早沒發現呢？」我驚呼一聲，「一定是因為周圍的濕氣太重，沙圖的畫面才發生混亂了！」

　　可現在怎麼辦呢？我們既不知道自己所處的位置，又

不知道該往哪個方向走，糟糕的是，天也越來越黑了。

　　此刻老爸老媽肯定在擔心我，也許會逐家逐戶地找我。我真後悔沒有提前跟他們說一聲，或者給土豆寫情書的時候也給老爸老媽寫一「風」。

　　想到這裏我難過極了，只怪自己太逞能，只想着幫助水滴，卻沒想過遇到問題怎麼辦。現在，不僅困住了自己還連累了水滴。

　　想到這裏，我的眼睛裏流下了沙。

　　「土球，對不起，都是因為我，沙圖才會混亂的。」水滴也自責起來。

　　水滴一傷感，頭頂上的雨就更大了。

　　我連忙提醒他說：「水滴，你不要難過了，你的烏雲正在快速縮小。再說，濕氣也會侵襲到我。」

　　「嗯嗯，你說得對。」水滴趕快把情緒穩定下來。

　　我們決定不依靠動態沙圖，只靠天空中的月亮辨別大方向，然後試着自己找出路。

　　這次我們每走一步，都會在樹幹上留下記號。就這樣又走了很久，我驚喜地發現，我們好像一直沒有走重複的路！

　　「真的嗎？」水滴露出了興奮的表情，「這就説明，我們走出了剛才迷路的地方。也許一會兒就可以找到正確的路了。」

　　我們隔着一定的距離相視而笑，那一刻我想着，雖然我們彼此不能走得太近，可我們的心卻更近了。

　　忽然我覺得自己的手臂上疼了一下，像針扎一樣。這種感覺我很熟悉，不久前我補牙打麻醉劑時，扎針就是這樣的。

　　「哎喲！」我小聲哼了一下，再看看手臂上，什麼也沒有。

　　難道是我出現錯覺了？我正想着，頭又暈了一下。

　　「一定是疲倦了！」我晃晃腦袋繼續往前走去。

　　走着走着我覺得頭更暈了，只能叫住水滴，各自找了個地方坐下來休息。但我不能告訴水滴，他會認為是自己

害得我被濕氣入侵了！內疚的水滴說不定會因此離開我，放棄跟我一起前行的計劃！我不能因為自己的原因，讓他找回家的計劃半途而廢。

於是，我決定找點兒話題來分散自己的注意力。

「水滴，你的家裏都有什麼人？」我靠在一棵樹上，小聲問道。

「老爸、老媽和姐姐。你呢？」水滴說着，眼中充滿了期望。

「哎呀，還有姐姐呢，我好羨慕你，我只有老爸老媽。」提到老爸老媽，我的眼睛又忍不住要掉沙了。

老媽臉上的濕疹不知道好了沒有？老爸是不是還在忙着加班呢？

「我想老媽了。」我說着擦了一下眼角。不能掉沙，就像我受不了水滴的淚水一樣，過多的沙土同樣會引起水滴的不適。

「我也想她，我還想姐姐，我的姐姐最疼我了，每次吃水果時，她都會把最大的一個讓給我吃。」水滴說着舔了舔乾裂的嘴唇，「話說回來，我已經好久沒吃水果了。」

　　我們都沉默了，我現在能深刻地體會到，什麼叫做思鄉之情。就在這一刻，我的頭也更暈了，一閉上眼睛，好像整個森林都顛倒過來一樣。

　　我的耳邊傳來了似有似無的聲音，是水滴，水滴在叫我。

　　「土球，土球你怎麼了？」

　　是的，我聽到水滴在喊我，可是我卻沒有力氣回答他。

　　我一定是要化成一堆沙了，對不起水滴，我可能幫不到你了，對不起老爸老媽，對不起土豆……

　　我迷迷糊糊地睡了過去，似乎還做了一個很長的夢。

　　夢裏，土豆開心地告訴我說，我送去的情書她都收到了，而且一「風」不少，每一「風」都很完整。看着土豆甜美的笑容，我得意地拍着胸膛說：「小意思，我老爸是在氣象局工作的！」同學們都湊過來問氣象局跟情書有什麼關係？開玩笑，這麼秘密的事情，我怎麼可能告訴他們。這是我和土豆之間的秘密。

　　就在我樂在其中的時候，忽然聽到遠處有人在呼喚我……

「喂，醒醒，醒醒啊⋯⋯」

我努力睜開眼睛，陽光好刺眼，我的周圍圍着好多人。他們的頭上、身上都纏着黃色的樹葉。

「這是哪裏啊？我沒變成一堆沙子嗎？」我猛地坐起來問道。沒人回答我，不過我看到了自己的手和腳，這下就放心了！

看來我沒事。水滴，對了，水滴呢？我朝四周看了一圈，沒有發現水滴。他一定不在附近，因為我感覺不到一絲的濕氣。

「水滴呢？」我大聲問道，「跟我一起的那個人，頭頂有一片烏雲的男孩，你們看到沒有？」

這些樹葉人沒有回答我，直到一個大姐姐走了過來。

偉大的
木土一族

「你醒了？北土國來的小朋友！」這位大姐姐的全身上下雖然也纏着好多樹葉，但說的絕對是標準的北土國話。

天啊，這麼半天終於有人跟我說話了。

「對呀對呀，謝謝你們救了我。不過。我的伙伴呢？」我連忙問她。

「不用擔心，他很好。」大姐姐說話的聲音很好聽，讓我感覺特別親切。

她告訴我水滴被安置在一間有水泉的小屋裏，那裏比較適合他。

知道水滴沒事，我也就放心了。不過我還是很奇怪，這裏是什麼地方？

「這裏是你們北土國的防潮林啊！」大姐姐說。

天啊，我們竟然已經走到防潮林了，那不是離西雨國

不遠了？這個消息讓我激動得跳了起來！接着我又好奇地問道：「那你們是誰呢？」

「我們是專門為北土國建造防潮林的木土族！」大姐姐指了指身邊的人説，「只可惜，我的族人習慣了遠離城市的生活，他們隱居在防潮林裏，不願意與外界溝通，所以不會説你們那裏的語言。而我，是僅有的幾個會説北土國話的人之一！」

「那你們是北土國的恩人！」這下我更激動了，沒想到我竟然見到了傳説中的「神秘人」！記得老爸總説：「那些幫我們種植了防潮林，又不肯接受獎賞的神秘人們，是我們的恩人！」今天，我終於見到他們了。

「也不能這麼説，防潮林也是我們賴以生存的地方！」大姐姐説着摸了摸我的腦袋，「不過話説回來，可從來沒有北土國的小孩來防潮林探險的哦！」

「我不是探險，我是……」話説到一半，我忽然想到一個問題，「大姐姐，你們不害怕水滴嗎？」

「當然不怕啦，我們是既需要水，也需要土的木土族啊！」

哇！這個種族簡直太完美了，這麼説來，他們可以去

世界上任何一個國家旅遊了。大姐姐説，原則上是這樣的，可他們的族人只喜歡寸步不離防潮林。

　　和這個大姐姐聊天真是件輕鬆的事情，昨晚那種緊張的情緒，現在已經消失得無影無蹤了。

　　説到昨晚，大姐姐説我是被木土族人在樹林裏發現的，當時我暈倒了。

　　「你是被防潮林裏的毒蜂咬到了。」大姐姐指指我的胳膊，我的胳膊上真的腫起一大片。

　　「被毒蜂咬一口就會暈倒啊？」我想起昨天那一下針刺般的疼，原來是被毒蜂叮到了，「你們這裏的毒蜂可真厲害！」

　　不過還好只是毒蜂，還好我不是因為吸入太多濕氣變成了一堆沙，我覺得自己真是太幸運了！

　　彼此認識後，木土族的人還貼心地為我準備了香噴噴的土飯，我一口氣吃了滿滿的兩大碗。

　　「休息得差不多了，現在你是不是要向父母報個平安了？」大姐

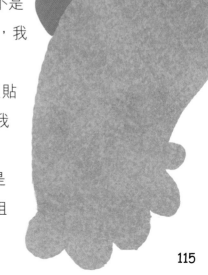

姐告訴我，他們有木鴿，可以送信給我的父母。

我還是第一次聽説木鴿，不過肯定沒我們的沙塵暴快。只可惜防潮林裏沒有沙塵暴，我只好寫完信，拜託木鴿幫我送信了。

吃飽喝足又送走了信，現在我開始擔心水滴。

「據説防潮林裏一點兒濕氣都進不來，不知道我的朋友怎麼樣了。」我問大姐姐，「我可以去看看他嗎？」

「當然可以！」大姐姐站起身。

我開始四下張望起來，尋找我的書包。

「你在找它嗎？」大姐姐從桌子下面拿出書包，「從北土國的市區走到防潮林，這麼遠的路，你背這麼多沙土幹麼？」

「因為我要和水滴結伴而行啊。」我認真地説，「一會兒去看他，以防萬一，我要準備好乾沙土啊。」

大姐姐笑了：「在我們這裏不用做任何準備，你跟我來就好了。」説着，她拉起我就走。

真的可以不準備乾土就靠近水滴嗎？我還是不敢相信！

走出屋子我才發現，這裏真的是名副其實的木土族部

落，我還是第一次見到這麼多的木頭。木頭小橋、木頭房子、木頭車子、木頭城門，他們部落的木頭就像我們國家的土一樣應用廣泛。

大姐姐告訴我，我居住的地方是乾燥的吸水木房，房子把水分都吸收在自己身上了，我一點兒都不會受影響。

「那水滴居住的一定是隔土木房了？」我問。

「沒錯，裏面還有小水泉呢！」

大姐姐邊走邊自豪地説，他們木土族會種植很多種類的樹木。因為北土國和西雨國接壤，所以，靠近北土國的是防潮林，它們可以防止濕氣入侵。而靠近西雨國的那一片林子，則是防沙林，就是防止我們這邊的塵土和沙子吹過去的！

我很驚訝，原來這是一片分成兩部分的防護林！為了讓兩國相安無事地生活，木土族的人默默無聞地做了這麼多貢獻！

「你們應該得到兩國的獎勵勳章！」我忍不住説。

「要勳章有什麼用呢？」大姐姐反問我，「我們只是喜歡種樹，喜歡生活在林子裏，過着與世無爭的生活！」

雖然大姐姐這麼説，但我還是很感謝他們，我一下子

就把他們當成朋友了。

　　一路上我和大姐姐無話不談，我告訴她我和水滴是怎樣相遇的，為了幫他找到回家的方向，我做了哪些準備，還說了動態沙圖失效後，我們迷路的過程。

　　大姐姐豎起大拇指說：「土球，你真是小英雄，而且是我見過的最熱心的小學生！」

　　我覺得有點兒不好意思，等我把水滴送回家，並且找到我們北土國天氣變化的原因，那時我才算是真正的小英雄吧。

　　就這樣邊說邊走，我們終於到了水滴居住的小屋。

　　「這間木房子周圍有一層氣流形成的封閉帶，連風都吹不過去！」大姐姐指了指面前的小木屋說，「所以，你和水滴可以放心地隔着封閉帶見面。」

　　「隔着封閉帶，我們能聽到對方說話嗎？」我好奇地問。

　　大姐姐揚了揚眉毛：「當然可以，聲音的傳播不受影響。」

　　真的太神奇了，平時如果我和同學們隔着土堆或者土牆說話，一般都需要大聲喊叫！最重要的是，還看不到對

方。我正想着這些，就看到屋
子裏一片大烏雲飄了過來。

那是水滴的烏雲，看他烏
雲的樣子，就知道他的狀態很好了！

　　水滴開心地朝我跑過來，越來越近。我隱隱有些擔
心，腳步忍不住往後移動起來。

　　大姐姐看出我的擔心，拍拍我的肩膀説：「不用
怕，走近一點兒試試。」

　　在她的鼓勵下，我呼出一口氣，壯起膽子，一步步
朝封閉帶走去。

　　水滴跑到我的近處，我們之間只有一拳的距離，我
們第一次靠得這麼近！

　　最重要的是，我感受不到一絲潮濕；水滴也沒有因
為乾燥，主動讓頭頂上的烏雲下起雨來。

　　這真是件神奇的事情，一個北土國的小孩和一個西
雨國的小孩，可以靠得這麼近，如果電視台的記者在場，
我們一定會上今天的頭條新聞的！

　　只是一個晚上不見，我們彼此卻分外想念。

　　水滴告訴我他休息得很好，那些泉水讓他的烏雲充

滿水分，飽滿了很多。我也告訴水滴，我給老爸老媽寫信了，讓他們不用擔心我。

提到老爸老媽，水滴的神情有點兒失落，我知道他比我更思念家人。

「水滴，你別難過，你很快就要回家了。」我安慰水滴說。

「沒錯，我們會有辦法的。」大姐姐也認真地說道。

族長的地圖

　　從水滴住的小木屋回來後，我見識了木土族部落的日常生活。

　　木土族人不太愛説話，只是興高采烈地種樹、修枝剪葉、採摘土瓜，看來這些工作讓他們感覺很充實。

　　不過話説回來，這防潮林裏的空氣比我們土掉渣廣場的空氣還要乾燥，釋放出來的土也很夠味道，如果我天天生活在這裏也會很快樂的！

　　「那你不上學了？」大姐姐笑着説，「這裏有我們呢，你們只要多學習，負責研發更多高科技就好了！」

　　我們正説着，一位木土族人過來和大姐姐嘀嘀咕咕説了一通我聽不懂的語言。大姐姐聽完後，看着我説：「土球，現在有一件好事和一件壞事，你先聽哪件事？」

　　「啊？還有壞事啊？」我剛放鬆的心又揪了起來。

　　「也不算太壞的事情。」大姐姐朝我調皮地眨眨眼

睛。

我立刻決定說：「那我先聽不太壞的，如果我心情受到影響還可以用好事彌補一下。」

「有道理！」大姐姐聳了聳肩，「這個不太壞的壞事就是──我老爸，也就是木土族的族長說，由於防潮林越來越茂密，想要穿過林子去西雨國，不是件很簡單的事情！」

「啊？這還是不太壞的消息啊？這簡直是最壞的消息了。」我急得鼻子都要冒煙了。

「你聽我把話說完啊。」大姐姐拉着我說，「但是我老爸說，毒蜂應該可以領路，因為牠們喜歡潮濕，憎恨乾燥。」

難怪毒蜂專叮我，大概就因為我是北土國的人吧！所以說毒蜂的智商太低了嘛，做事情不分青紅皂白！

不過還好，大姐姐說族長已經吩咐大家分頭去捕捉毒蜂了，等湊夠了數量，然後把牠們一起放出去，跟在蜂羣的後面就能穿過密集的防潮林，找到去西雨國的路了。

這下我稍稍舒了一口氣。

「不想聽聽好事嗎？」大姐姐搖搖手，手裏拿着一個

盒子。

「説來聽聽，是不是你們幹掉了那隻叮我的毒蜂？」我伸手想要去搶。

大姐姐把盒子舉得高高地説：「這盒子裏面是某個小孩老爸老媽的回信哦。」

我沒聽錯吧，老爸老媽給我回信了？這可真是天大的好事！

大姐姐把盒子放進了我的手中後，我迫不及待地打開盒子，撲鼻而來的是土丸子的香氣。那一瞬間，我的眼裏就流出了沙土，我趕快轉過身去擦了擦，以免大姐姐看到笑話我。

擦掉沙淚，我回過身告訴大姐姐這是我老媽的拿手菜油炸土丸子，還讓她嘗了嘗。大姐姐連聲説好吃，吃了一個又一個，差點兒就停不下來。

「還有封信呢，在這裏！」她不好意思地擦擦嘴説。

盒子底下壓着的是一封沙信，微風一吹，沙信就展開並鋪在地上了。信裏是老爸的筆跡，老爸告訴我要勇敢，他還寫道：「你老媽很擔心你，一直在嘮叨你是不是餓、會不會冷，你一定要好好照顧自己，讓老媽瞧瞧你這個小

孩不簡單！」最後老爸在信末寫道，他們很快就會趕到防潮林來接應我！他還説：「幫助別人度過難關的事情，大人做起來可能比小孩子更有經驗！」

想到老爸馬上也要來了，我心裏更踏實了。

接下來的每一件事情都讓人驚喜。

先是首領接見了我，他告訴我，他們部落很少有外人知道，希望我可以給他們保密，因為他們不想被人打擾。

「我絕對不會説出去的！」我跟首領保證説，「我可是要做大英雄的，大英雄説話算話。」

首領哈哈大笑，他聽大姐姐説了我和水滴的事情，覺得我很勇敢，因此他要送我幾件禮物作為獎勵。

第一件禮物是一幅木頭地圖，這是木土族人跟在毒蜂羣後面一路繪製出來的，上面刻着去西雨國防沙林的詳細路線。

「我們的木頭地圖不會出故障哦！」首領自信地把地圖交到我的手上。

第二件禮物更是讓我驚喜，那是一件防潮雨衣，首領説：「不過這件雨衣只能用一次，而且時間不可以超過兩小時。」

「太感謝了，這對於我來説已經足夠了。」謝過熱心的首領後，大姐姐帶着我去找水滴。

她看起來有些難過，因為作為朋友，這麼快就分離，總不是一件令人愉悦的事。

「以後我們恐怕再也不會見面了。」大姐姐説，「土球，我會想念你的！」

「誰説的，我還會回來的！」雖然我也捨不得大姐姐，但是我必須要履行承諾，幫水滴找到家。

收拾好我準備的乾土書包和心情，我們要出發了。臨走時，大姐姐塞給我一個盒子，説是讓我安全回到家後再打開看。另外她還送給我好多藥木屑，她説這些東西可以防止蟲子叮咬。這下我就不用再擔心被毒蜂叮到了。

告別了大姐姐，我和水滴重新踏上了尋找西雨國的路程，我拿出木頭地圖遠遠地展示給水滴看。

「這幅地圖不怕濕氣呢！」我炫耀着説。

「太好了，我們再也不會迷路了。」

水滴開心得不得了。

我跟水滴說了這幾天的感受。我想，等我回去一定要把我的經歷都講給土坷垃他們聽，他們一定會羨慕得直冒土的。

　　看着地圖，看着遠方，我們都堅信不久就會到達西雨國。

向國境線，
出發！

　　按照木頭地圖指引的方向，我們在樹林中緩緩而行。

　　水滴把鼻子上的手絹拿下來重新濕潤了一下。要知道，從有水泉的小木屋出來後，水滴進入的是乾燥的防潮林，這樣的空氣讓他的呼吸有點兒困難。

　　「堅持一下，我們應該很快就到了！」我一路上都在給水滴打氣。

　　族長說得對，這片防潮林太茂密了，別說沒有前進的路，就連低於膝蓋的黃草都沒有。我們在草叢中艱難前行着，要不是有木頭地圖的指引，我們肯定又要迷路了！

　　走着走着，水滴忽然低呼了一聲：「土球，等等！」

　　我下意識地朝水滴指的方向看去。

　　天啊，是一隻土猴子，牠正用尾巴捲着樹枝，倒掛着向我們露出牙齒呢！

　　自從上次學校冬遊遇到土猴子傷人事件後，我只要一

看到土猴子就會緊張，更何況這隻土猴子看起來一點兒都不友好，牠一定也是受了濕氣的影響，變得狂躁起來了！

　　眼看土猴子發出吱吱聲向我們靠過來，我突然想起了大姐姐給我的藥木屑。

　　「不知道用它對付小土猴會不會有效？」我自言自語地說着，拿了些撒到我和水滴身上。

　　「也許牠怕這個氣味！你別動，我先試試。」我咬咬牙，隨手撿了根黃樹杈，向土猴子走去。

　　土猴子向我吼了兩聲，不知道牠是害怕我，還是在嚇唬我。

　　我承認我害怕極了，要知道，被土猴子咬上一口，肯定不像被毒蜂叮一下那麼簡單。但在水滴面前我不能表現出來，如果我退縮了，他一定會失去繼續前進的信心！

　　於是我繼續上前，邊走邊給自己壯膽說：「嗨，小猴

子，我是你的朋友，過來握個手啊！」

沒想到我還沒靠近牠，牠就動了動鼻子，猛地轉過身跑掉了。

「哇！這個藥木屑還真管用呢！」我有種旗開得勝的感覺，回頭朝水滴揮揮手説，「放心大膽地走吧，我們身上有這個氣味，土猴子不敢靠近了！」

水滴也鬆了口氣，剛剛他因為害怕，頭頂上的烏雲已經下起雨了。

不知不覺走了很久，我忽然覺得身邊的空氣越來越濕潤了，這種感覺讓我喘不上氣來！我連忙打開背着的大書包，把頭鑽進袋子裏，因為動作太猛，一陣塵土揚起來，撲了我一臉。水滴嚇得連忙躲開。

深深地、深深地吸了口土，我終於舒服了！

我抬起頭，發現不太遠的地方有濃濃的綠色，看來，西雨國的防沙林就要到了。我拿出木頭地圖看了看，再次確定一下方向。

其實從樹的顏色就能看出來，前面這片林子裏濕氣一定很重。但我還是不想穿上我的防護衣，到底怎樣才能不過量吸入這些濕氣呢？

　　我想了想，最後把外衣脫下來，包了一大包沙土放到腦袋上頂着，就像運送沙袋的駱駝一樣。

　　隨着我走路的步伐，這些沙土會一點兒一點兒從衣服的袖子裏撒出來，蓋在我的身上。

　　「土球，你真聰明。」水滴誇獎我說。

　　「這還是受你的小烏雲所啟發呢！」我也笑了。

　　就這樣，我邊走邊往衣服包裏添加新鮮乾爽的沙土，和水滴一起在西雨國的防沙林裏前行。

　　濕氣越來越重，水滴大口呼吸着，他可以不靠烏雲下雨都能自己呼吸了。

　　「這味道、這氣息，真熟悉啊！我能感覺到離我的家越來越近了。」水滴開心地大喊大叫。與他相反，我覺得臉上癢癢的，渾身不舒服。

　　「看來必須得加大沙土量了。」我心裏想着，開始往自己身上撒大把的沙土。

　　終於，我一邊撒土，一邊和水滴來到防沙林的邊緣。

　　林子外面就是西雨國，水滴馬上就要回家了。

　　這時，出現在我眼前的，是一個奇異的景象。只見防沙林外站着十幾個西雨國的居民，我之所以這麼確定，是

因為他們每人頭頂上都有着一片烏雲。

這些人圍成了一個大大的水滴形狀，他們之中有老人，有像我老爸老媽一樣的中年人，還有和我一樣的小孩子。他們頭頂上的烏雲，漸漸聚集在一起，大團烏雲在他們中間下着傾盆大雨。

天啊，我從沒見過這麼多朵烏雲和這麼大的雨，說實話，我當時嚇壞了！於是，飛快地穿上了我的防護雨衣。

我身後的水滴異常興奮，他難以置信地衝了過去，邊跑邊喊：「爸爸媽媽，姐姐，你們怎麼會……怎麼會在這裏！」

聽到他的喊聲，對面的人目光一致地看向我們。已經跨出防沙林的水滴眼睛裏流出了淚水，跑過去和他們擁抱在一起了。

我立刻打了個哆嗦，心裏想着：「眼睛裏流出水，可真是件可怕的事情。還好我們只會流出細沙，否則，我們的臉皮都會化掉了。」

看到水滴終於回家了，我的心也總算放下來。

這時水滴又折返，他小心翼翼地靠近我說：「土球謝謝你，我能夠找到回家的路，多虧了你的幫忙。」

　　我往前走去，離水滴越來越近，就像在木土國部落的小木屋一樣，感謝防護雨衣幫了我的忙。

　　看到我伸出的手，水滴毫不遲疑、飛快地和我握了握手。

　　「這件防護衣只能用兩個小時，所以，我一直等着跟你分別的這一刻才穿上。」我感慨地説，「這樣我們就可以握手了，像大人那樣握握手，成為一輩子的朋友。」

　　水滴被我感動得差點兒哭出來，但是他忍住了，他説不想讓我受到更多的水氣侵襲。

　　看着水滴和他的家人們興高采烈地和我揮手再見，看着他們遠去的背影，我有種滿滿的成就感！

　　時間差不多了，我也要趕快原路回家了！想想這一路走來真的不容易，多虧有很多好心人的幫助，像土豆、體育老師、大姐姐和她的老爸，當然還有可惡的毒蜂。

　　好想我的老爸老媽啊！趁自己的防護雨衣沒有被潮濕的水氣損壞之前，我趕快向我們國家的防潮林跑去！

　　「希望能趕上晚飯。」我邊跑邊開心地説着，「團圓可真是一個幸福的時刻啊！」

一起去看
沙塵暴

新的一天開始了，太陽照常升起。

一起牀我就聽到老媽哼着歌，她的皮膚一定又恢復了往日的光滑細膩，而且更有土土的光澤了。

自從西雨國的水滴回家後，我們北土國的天氣就一天天恢復了正常。説起來，這還要歸功於我老爸和土坷垃的老爸。

那天我一走出防潮林，就看到老爸和他的氣象局同事們等在那裏，他們像在歡迎凱旋的大英雄似的熱烈歡迎我，土坷垃的爸爸還拉着我説：「土球，我一定要讓土坷垃跟你學習，學習你這種大無畏的精神！」

其實我也沒做什麼，我只是把一個迷路的外國小孩送回家而已。

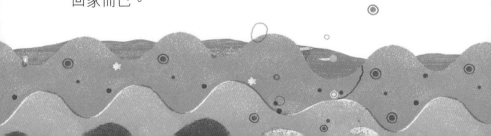

回家的路上，老爸他們聽了我的經歷後，馬上一起對天氣異常做出了分析。

　　「的確像你說的，氣候變化不全是水滴這一個孩子的原因。」老爸一本正經地解釋給我聽，「不過，又和他有着密切的關係。」

　　主要原因其實是這樣的：水滴走失了，他住在西雨國的家人焦急地四處尋找。後來他們注意到我們這邊的天氣出現了輕微的異常，就懷疑水滴在這裏了。可西雨國的人又無法來到我們國家，他們就只能聚集在防沙林邊等候。

　　左等不來，右等不來，時間一天天過去。這下就糟糕了，他們頭頂的烏雲團越聚越多，因為傷心難過每天都會下一陣傾盆大雨。雨水順着地面流到了我們這半邊的防潮林裏。防潮林的水分來不及蒸發，越聚越多，就算是木土族的人種再多的樹都趕不上它們聚集的速度！

　　於是，就引起了我們國家氣候的巨變，才發生後來一連串的諸如下土量減少、人們牙齒鬆軟、粉筆不能用、沙球壞掉、人們紛紛出現濕疹等怪事！

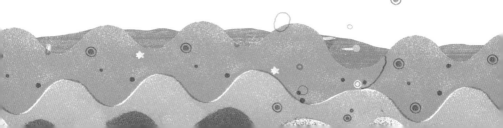

所以說，真正影響氣候變化的，其實是水滴焦急的家人們。

爸爸把我順利接回家後，就和他的同事們繼續加班去了。

北土國氣象局用最快的速度發出了「給市民們的一封公開信」，請大家捐出儲藏在家裏的乾鬆沙土，來幫助防潮林去濕。

人們爭先恐後地把前段時間囤積的乾鬆沙土都捐了出來。真是人多力量大啊，只用了一天時間，防潮林的潮濕土地就全被乾爽的沙土覆蓋了。

「所以，我們的氣候這麼快就恢復了！」我驚喜地瞪大眼睛。

「那當然！」老爸滿意地拍拍我的頭頂，「我會獎勵給你一袋沙土酥糖的。」

「那可不行，我要好好保護我的烏雲牙齒呢。」

當然還有更棒的，那就是我成了國家的「最土公民」。要知道，我是歷史上最小的「最土公民」了。

總統大人親自來到學校，頒發給我一個大獎盃，它竟然是一個漏氣的空心沙球的形狀。

「我們的小英雄，這是為了紀念你的機智與勇敢特製的！」總統先生説完還擁抱了我。

至於我從學校借走的那些沙球，校長朝體育老師一瞪眼，説：「什麼便條，快丟掉！以後土球同學可以隨便玩沙球！」

哈哈，這真是一個不錯的獎勵，我們班再也不用和六年級的大同學搶沙球了！

看到總統我就想到了木土族的人和大姐姐，我回來後想過去看他們的，可是想起首領説的話，我決定還是不去打擾他們的隱居生活了。

對了，想起大姐姐給我的盒子，我拿出來打開一看，頓時眼前一亮，那竟然是一隻木鴿！太好了，我可以用木鴿給大姐姐寫信，還可以把牠帶回校去飼養，這隻寵物一定會成為我們全班的驕傲！

對了，還有一件事。這天下課，土豆蹦蹦跳跳地甩着馬尾辮，跑到我跟前説：「土球，你的明信片。」

我接過明信片一看，原來是水滴寫給我的，他在明信片上寫了一百遍「謝謝」。

水滴回國後把他的經歷編成了故事，天天給同學們

講。他告訴我，他的同學們都立志要成為像我那樣的英雄呢！

看到這裏，我都有點兒不好意思了，謝謝水滴，讓我在他的故事裏成為了英雄。

「對了，我也要謝謝你的情書，它們確實很實用。」土豆說着握了握我的手。我能感覺到自己的臉和紅土一樣紅。

當然，我這麼高興不只是因為自己被當成「英雄」，最重要的是，北土國和西雨國這兩個原本互不來往，甚至對立的國家，現在對彼此都有一些了解，我相信慢慢地兩國之間會越來越親密！

她能關注到我，這才是我最開心的。

沒錯，現在我依舊每天給土豆寫情書，雖然和以前一樣，都是些簡單的提醒：明天要上美術課，記得帶土彩筆；明天天氣晴朗，傍晚有沙塵暴，戴上彩色眼鏡看沙塵暴會更美；明天中午食堂會做土豆酥餅，別忘了吃⋯⋯

聽土豆說，女生們都很喜歡我這種「個性情書」，因為它們好像根本算不上是什麼情書。

「是嗎？」我有點兒傻眼，「那真正的情書寫的到底

是什麼呀？」

　　我這樣一問，同學們都糊塗了。要知道，我們小學生還沒見過真正的情書呢！

　　不管如何，反正我覺得如果你喜歡一個人，就要實實在在地關心她周圍的小事。把這些小事都寫進情書裏，就是最實用的情書了。

　　接下來的日子，我們北土國的生活又恢復了平靜。

　　過敏和生病的人都漸漸康復，路面再也沒有水坑。

　　我每天放學還是和土坷垃一起打打鬧鬧的，玩得滿頭是土才回家寫作業、吃晚飯。

　　我們的「土撥鼠偵探聯盟」又聚齊了，土坷垃、土錘跟我，他們推舉我為組長。不過，經過那麼多事情後，我好像變得不那麼調皮了，我們每天在玩的時候會順便觀察周圍的一切，防止再有異常情況發生。

　　這樣的生活讓我很滿意。

　　至於土豆，除了跟我說情書要堅持寫之外，還會每天跟我打個招呼、說兩句笑話。我也終於不再看見她就臉紅了。

　　天又下起了大土，沙塵暴吹得我們渾身都是土，這樣

好時髦。

　　我們在校園裏堆土人、打土仗玩得不亦樂乎，我看向土豆，她還是那麼的土裏土氣、那麼可愛！

　　「土球，來和我們打土仗吧。」

　　不用說一定又是土錘，因為隨着話音落下，一個土團直接擲到了我的腦袋上。

　　「你等我，我分分鐘就能打敗你！」我邊向土錘跑去，邊回頭看向土豆。她也在拍着手、跳起來大喊：「土球，加油，你是我們的英雄！」

　　我猜，也許明年，我們可以一起去看沙塵暴了吧！

　　哦，天啊，我簡直是北土國裏最幸福的男生了！

古怪國不思議事件 2
小心！烏雲怪人來了

作　　　者：段立欣
繪　　　圖：吐紙超人
責任編輯：楊明慧
美術設計：劉麗萍
出　　　版：新雅文化事業有限公司
　　　　　　香港英皇道499號北角工業大廈18樓
　　　　　　電話：（852）2138 7998
　　　　　　傳真：（852）2597 4003
　　　　　　網址：http://www.sunya.com.hk
　　　　　　電郵：marketing@sunya.com.hk
發　　　行：香港聯合書刊物流有限公司
　　　　　　香港荃灣德士古道220-248號荃灣工業中心16樓
　　　　　　電話：（852）2150 2100
　　　　　　傳真：（852）2407 3062
　　　　　　電郵：info@suplogistics.com.hk
印　　　刷：中華商務彩色印刷有限公司
　　　　　　香港新界大埔汀麗路36號
版　　　次：二〇二一年八月初版

版權所有·不准翻印
Text copyright © Duan Lixin 2018
Editor: Fan Yanni
Graphic Designer: Liu Yanyan
Simplified Chinese edition copyright © 2018 by China Children's Press & Publication Group
Co., Ltd.
Traditional Chinese edition copyright © 2021 by Sun Ya Publications (HK) Ltd.
This edition arranged through China Children's Press & Publication Group Co., Ltd.
All rights reserved.

ISBN: 978-962-08-7837-4
18/F, North Point Industrial Building, 499 King's Road, Hong Kong
Published in Hong Kong, China
Printed in China